10 대에게 바치는 **편지**

10 대에게 바치는 **편지**

지은이 · 김완수
펴낸이 · 채주희
펴낸곳 · 해피 & 북스

초판1쇄 발행 ㅣ 2009년 6월 10일

등 록 · 제313-2004-00119호(2004.5.10)
주 소 · 서울특별시 마포구 망원동 379-41
전 화 · 02-323-4060, 322-4477
팩 스 · 02-323-6416, 080-088-7004
메 일 · happybooks2004@hanmail.net

ⓒ김완수 2009

편 집 · 김재원   마 케 팅 · 김연범(010.3767.5616)
디자인 · 김현정   마케팅지원 · 정수복

값 · 8,500원
ISBN 978-89-962219-5-1 43840

10 대에게 바치는 편지

김완수 지음

해피&북스

안녕, 쉽사리 물러갈 것 같지 않던 겨울의 차가운 세찬 바람도 사라지고 드디어 개나리와 목련이 화사한 자태로 미소 지으며 봄 향기를 날리고 있구나. 하지만 너희들은 공부의 중압감 속에서 바쁜 나날들을 보내고 있겠지. 필자도 너희들과 똑같은 입시지옥을 겪었고 수년간 고등학교 교사생활을 하며 제자들의 그런 모습을 보았고 아들의 입시준비 과정을 곁에서 지켜보았기 때문에 누구보다도 너희들의 심정을 잘 알고 있다.

지나간 교사시절을 돌이켜보면, 학생들이 견디기 힘든 어려운 시간을 보낼 때 따뜻한 위로와 격려의 말 한마디 제대로 해주지 못하고 성적을 올리라고 입버릇처럼 강조하던 일들이 가장 후회가 되는구나. 어떤 학생도 몰라서 공부 안 하는 것이 아니고 하고자 해도 맘대로 안 되어 누구보다도 괴로워하건만 그런 마음을 헤아리지 못하고 압박감을 더욱 가중시켰던 건 아니었나 싶구나.

최근에 친척 고등학생을 가르치며 다시 한 번 공부의 중압감에 힘들어하는 모습을 절감하고 이 글을 쓰고자 하는 마음을 먹게 되었다. 많은 선생님들이나 부모님들이 날마다 목에 힘을 주어 조언을 하지만, 심신이 지친 십대 학생들은 이를 짜증나는 잔소리로 여기기 때문에 그들에 대한 반감만 커지고 있는 현실을 안타깝게 생각하며 그러한 심리적인 악순환을 피할 수 있는 방법으로 50여 편의 위로와 조언의 편지들을 너희들에게 바치게 되었다.

현실적으로 십대 학생들은 교과서와 참고서를 읽기에도 벅차다는 것을 감안하여 주로 경구적이고 시적인 표현의 서간체를 택하여 최대한 짧은 글로 표현하였고, 학생들의 다양한 애로사항과 십대에 꼭 알아야만 할 것들을 개별적인 제목으로 다루었다. 입시 위주의 단편적인 지식 교육의 문제점을 보완하여 전인적인 인격형성에 긴히 필요한 항목들을 포함시켰다. 또한 글마다 세계적 명사들의 명언을 덧붙였고, 책의 마지막에는 십대 때의 진솔한 경험담을 담은 대학생들의 편지를 실어 글의 공감대를 넓히고자 했다.

교과서와 참고서 읽기도 바쁜데 무슨 책을 읽느냐고 반문할지 모른다. 하지만 편식을 하는 사람에게 비타민이 필요하듯이 편중된 지식교육으로 정신이 지친 자에게는 마음의 양식이 필요하다. 바쁘고 지쳤을 때라도 틈틈이 잠시라도 마음의 양식을 먹으면 피로가 회복되고 정신의 활력을 되찾는 데

도움이 될 것이다. 무엇보다도 평소에 양서를 통해 꾸준히 마음의 양식을 먹으면 영혼이 풍성하고 성숙해질 뿐만 아니라 언제나 지치지 않는 정신적 활력을 유지하게 된다. 부디 이 글이 여러분에게 약간의 정신적 보약이 되기를 간절히 바라며 학업의 건투를 빈다.

저자 김완수

차례

꿈을 향해 달려가는 10대에게

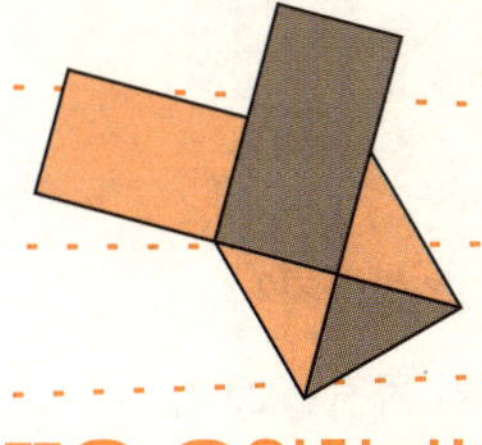

네 꿈을 응원한다!

실패는 있어도 좌절은 없다는 정신으로

높은 꿈의 정상만을 바라보며 날마다 용기지수를 높여라

서시

요즘 힘들지?
잠시 창밖을 보며
심호흡을 해보렴
그리고 따뜻한 차 한 잔을
마셔보렴

아무리 힘들어도
조금만 참고 기다리자
이 순간도
어둡고 힘든 터널을

통과해 가는 중이니까

어차피 가야 할 길이라면
힘겹고 지루하다고
투덜대지 말자
짜증내지 말자

지금까지도 잘 참아 온 것처럼
조금만 더 참고 기다리자
멋진 너의 미래를 위해
잠시 후 정녕 통과해버릴 길이니까
그리고 널 사랑하는 엄마가
언제나 네 곁에서 기도하고 있으니까

Courage! Suffering when it climbs highest, lasts not long.
용기를 내라! 최고까지 기어오른 고통은 오래 가지 않는다.
Aeschulus

시험 망친 날

아 짜증난다
아무하고도 말하기 싫다
어느 인간이 시험을 만들었을까
시험 없는 나라로
날아가고만 싶다

너의 아린 가슴 속을
어찌 다 알랴마는
유난히 힘 없는 눈동자와
축 처진 두 어깨가

엄마의 가슴을 저리게 하는구나

내 눈치 볼 것 없이
울고 싶으면 펑펑 울어라
소리치고 싶으면
목청껏 질러라

시험이 뭐길래
꿈 많은 너의 가슴을
산산이 찢는단 말이냐

힘내라 아들아
네가 늘 말하듯이
시험이 인생의 전부는 아니잖니

시간이 좀 지나면
통증이 가라앉을 거야
캄캄한 먹구름과
사납게 몰아치는 천둥 번개 비바람도
시간이 좀 지나면
사라져버리잖니

마음의 눈을 뜨고
머지않아 분명히
먹구름 뒤에서 비쳐올
밝은 태양을 바라보자
찬란한 미래를 바라보자

After the rain comes the fair weather.

비 온 뒤에 맑은 날이 온다.

Aesop

달려도 달려도 제자리

엄마

난 아무래도 머리가 나쁜가봐

열심히 노력해도 잘 안 돼

별로 노력은 안 해도

성적은 잘 오르는 친구들도 있는데

아들아

넌 어릴 때부터

머리가 좋았어

기억력이 뛰어나서

엄마가 깜짝깜짝 놀랐거든

그런데 왜
달려도 달려도
제자리걸음이지?
뒷걸음을 치지 않나

아들아
거센 물살을 거스르는
물고기를 본 적 있니?
계속 몸부림치며
온 몸을 흔들지
잠시만 가만히 있어도
한없이 아래로 떠밀려 가지

치열한 경쟁의 물살에서는
제자리를 지키고 있기도
몹시 힘든 거야
친구들도 알고 보면
대단한 노력을 하고 있기 때문이란다

아들아
전력을 다해 힘을 쏟아봐라
가파른 물살을 가르고
힘차게 솟구쳐 오르는 연어처럼

최선을 다한 후
제자리에 있거나
뒷걸음질을 친다 해도

낙담하지는 마라

숫구쳐 오를 수 있는 근육이

점점 강해지고 있는 중이니까

⧗ Adversity makes a man wise, though not rich.
역경은 인간을 부유하게 만들지는 않더라도 현명하게 만든다.
Thomas fuller

시험은 불구덩이

다음 주는 모의고사

그 다음 주는 중간고사

입술이 바작바작 타고

가슴이 터질 듯이 조여오고

머리엔 쥐가 난다

그래도 버티며

자정이 넘도록 열공한다

시뻘건 불구덩이가

성난 호랑이처럼 입을 벌리고

포효하며 다가온다 다가온다

아 - 악!

아들아

악몽을 꿨나 보구나

이제 그만 자리에 누워

편히 자거라

너무너무 무서워요

하마터면 불구덩이에 먹혀

죽을 뻔했다고요

이게 다

지긋지긋한 시험

때문이에요

아들아
딱하지
요즘 시험 스트레스가 심한 것 같구나
그래도 어쩌겠니
조금만 더 참자
좋은 결과 꼭 있을 거야

비싸고 소중한 금반지도
그냥 만들어지진 않는단다
뜨거운 용광로 속을
여러 번 들락거리며
불순물을 태우고 또 태워야
순금으로 태어나는 것이란다

아들아

지금은 너무 힘들고 괴롭겠지만

조금만 더 참고 힘을 내다 보면

순금처럼 빛나게 될 그 날이

기어이 기어이 올 것이다!

자랑스런 그 날이!

Fire tries gold, misery tries brave man.
불은 금을 만들어내고, 불행은 용감한 사람을 만들어낸다.
Seneca

사고뭉치

죄송해요
항상 속만 썩혀드리고
공부도 잘 못하면서
말썽만 피우기 일쑤니
우리 집의 걱정거리
사고뭉치
장애물인 것 같네요

아니다, 아들아
아빠가

때로는 속이 상해

화를 내기도 하고

몹쓸 말을 하기도 하지만

속마음은 다르다는 걸

알아줬으면 좋겠다

파도가 심한 바다도

깊은 물속은 고요하다고 하잖니

넌

누가 뭐래도

내가 이 세상에서 받은

가장 위대한 선물이란다

그 어떤 보석이

아무리 찬란하게 빛나도
해맑은 미소가 없고
따뜻한 마음이 없잖니

넌
내 곁에서
숨쉬고 있는 것만으로도
내 삶의 기쁨이고 희망이다

건강하게 자라며
맘껏 네 꿈을 펼치며
지금처럼 내 곁에서 머물며
기쁨과 아픔을 함께 나누자
다만

후회를 줄이기 위해

매사에 조금 더 노력하자

Every heart hath its own ache.
누구의 마음에도 그 나름의 고통이 있다.
Tomas Fuller

죽고 싶어요

성적은 점점 내려가고
수업 중엔 졸음만 쏟아지고
선생님들과
친한 친구들마저 무시하니
이젠 더 이상
살 수가 없어
나같이 쓸모없는 인간은
죽어야 돼

아니야, 아들아

넌 누구보다도

살 만한 가치가 충분히 있어

너에겐

노인이 억만금을 줘도

살 수 없는 젊음이 있고

죽음을 앞둔 환자가

그 무엇으로도 얻을 수 없는

건강이 있잖니

아들아

넌 어떤 값으로도

계산할 수 없는

보물덩이야

눈 하나는 얼마이며

평생 뛰는 심장은
얼마나 갈까

지금 이 순간도
숨만 편히 쉬었으면
한 쪽 눈만이라도 있었으면
한 쪽 손만이라도 있었으면
원이 없겠다고 신음하는
수많은 사람들이
널 부러워하고 있단다

고등학생이라는 것만으로도
여러 가지 형편상
다니지 못한 수많은 사람들이

널 부러워하고 있단다

그리고 엄마 아빠가

널 얼마나 사랑하는지 알아?

우등생이 되지 못해도 좋으니

건강하고 성실하게만 살아다오

다시 희망의 날개를 펴라

Hope is the parent of faith.
희망은 믿음의 어머니이다.
C. H. Bartol

우린 돌머리 집안인가봐

엄마도 머리 나쁘고
아빠도 머리 나쁘지?
그러니까 나도 공부 못하지
우린 돌머리 집안인가봐

아들아
그런 게 아니란다
사람은 모두 천재로 태어난다
다만 서로 다른 재능이 숨어 있는
천재로 말이야

엄마

내가 아직 어린애인 줄 알아?

그런 말을 믿게

엄마가 왜 거짓말을 하겠니

숨겨진 재능은 씨앗과 같아서

잘 키우지 않으면

무용지물이 될 수도 있지만

제때에 효과적인 방법으로

잘 키우면

수많은 아름다운 꽃과 열매를 맺는

위대한 거목이 될 수도 있단다

아들아

이제부터는

열등감을 버리고 자긍심을 가져라

너에겐 그 누구에 못지않은

보물같은 씨앗이 있으니까

다만 멋진 꽃을 피우려는 간절한 열망과

혼신의 노력이 필요할 뿐이야

천재는 99%의 땀과 1%의 영감으로 된다고

에디슨이 말했잖아

엄마는 네 안에 있는

위대한 능력을 믿는다!

Genius is Patience.
천재는 인내이다.
G. L. Buffon

시험 후 여행

아들아
바닷가에 오니까 좋지?

네, 너무 좋아요
답답한 가슴이
뻥 뚫리네요

그 동안 시험으로 쌓인
스트레스
드넓은 바다에

다 던져버려라
그 동안 가슴 깊이 쌓인
온갖 찌꺼기들
밀려오는 파도에
다 씻어버려라

네, 알았어요
그런데 아빠
거친 파도 좀 봐요
파도는 멀리서 바라보면 멋있는데
가까이에서 보면
왜 무서울까요?

어떤 두려운 것들도

나와 상관 없이 멀리 있을 땐
낭만적으로 보일 수도 있지만
가까이 닥쳐오면
대개 무서워지기 십상이야

하지만 사람마다 다르단다
수영을 못하는 사람에게는
파도가 공포의 대상이겠지만
파도타기를 하는 사람에게는
즐거운 놀이감이기도 하지

아들아
피할 수 없는 공부와 시험이라면
용감히 맞서서 즐겨보아라

결과를 미리 두려워하지 말고

해낼 수 있다는 자신감으로

최선을 다해 맞서보아라

그러다 보면 몰랐던 재미와 보람도

생기게 될 거야

Every difficulty yields to the enterprising.
모든 곤란은 진취적 기상에 항복한다.
J. G. Holman

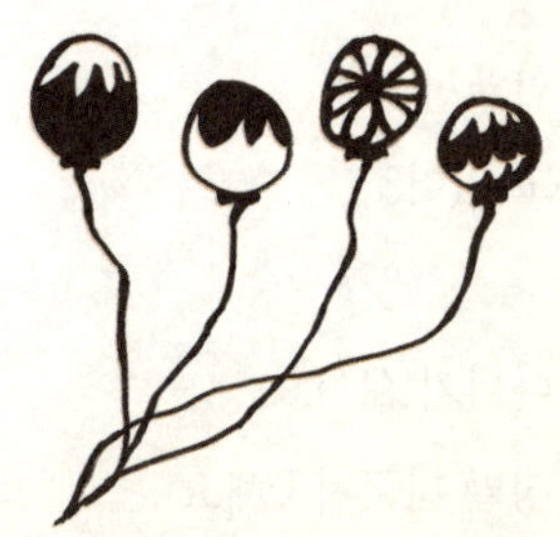

정말 학교 다니기 싫어요

아들아, 빨리 나와

학교 가야지?

......

어디 아프니?

뭐 하고 있어?

학교 다니기 싫어요

이젠 정말 지긋지긋해요

새벽부터 밤중까지

학교, 학원, 과외

어제도, 오늘도, 내일도

이건 사는 게 아니고 죽음이죠

그래도 학교는 가야지

그래도 그래도

학교 학교 공부 공부

심장이 터지고

머리가 돌 것만 같다구요

자유 자유 자유를 달라구요

요즘 네가 너무 힘든가보구나

엄마가 몰라줘서 정말 미안하다
지금 학교를 그만두면
며칠은 좋겠지만
그 후엔 뭘 할까?

……

몰라요 몰라요
생각하기도 싫다구요

아들아, 하늘에 나는 연을
어릴 때 본 적 있지?
하루는 연줄에 매달린 것이 답답해
줄을 끊고 자유롭게 날고 싶었대
잠시 동안은 제멋대로 날 수 있어

기분이 좋았대

하지만 얼마 후 날바닥에 떨어져

박살이 났대

연이 줄에 매달려 있을 때

푸른 창공을 날 수 있듯이

너도 답답하지만

학교, 공부의 줄에 매달려 있을 때

찬란한 꿈의 하늘을 날아오를 수 있을 거야

The foolish man seeks happiness in the distance,
the wise grows it under his feet.
미련한 자는 먼 곳에서 행복을 찾고,
현명한 자는 자기 발밑에서 행복을 키운다.
James Oppenheim

외로운 투쟁

책상 앞에 앉아 있는
이 순간
엄마도 아빠도 동생도
가족이 아니다

난
조그만 보트를 타고
홀로 망망대해를
노 저어 간다

시험이 태풍처럼 몰려오고

공부할 거리는

험난한 파도가 되어

조그만 보트를

삼키려 한다

난

기진맥진

녹초가 되어

혼미한 정신으로
간신히 노를 잡고 있다

배는 방향을 잃고
이리저리 흔들리며
뒤집히려 한다

그때
가슴에 들려오는
한줄기 세미한 음성

아들아
힘 내라
내가 너를 사랑한다

험난한 파도가

유능한 뱃사공을 만드니

조금만 더 참고 기다려라

나는 무의식 중에

두 손에 힘을 주어

노를 다시 젓는다

There can be no rainbow without a cloud and storm.
구름과 폭풍 없이는 무지개가 만들어질 수 없다.
(고통이나 시련 없이는 귀중한 것을 얻을 수 없다)
J. H. Vincent

작심삼일인 내가 미워요

꾸준히 열심히

공부하고 싶어요

하지만 다짐하고 또 다짐해도

며칠 못 가서

계획표는 휴지조각이 되죠

이런 내가 미워요

아들아

너무 자책하지마

계획대로 살지 못하는 건

대부분의 사람이 다 그래
나쁜 습관의 뿌리가
우릴 붙잡고
놔주지 않기
때문이야

습관은 좋건 나쁘건 간에
하루 이틀에 생기지는 않지만
한 번 뿌리 내리면
통제하거나 없애기가
쉽지 않게 되지

이제부터는
과중하지 않은 적절한 계획을 세우고

몇 가지 실천 가능한 행동을

날마다 시간을 정해놓고

반복하도록 해봐라

처음엔 짜증나고 성과가 적어도

정해진 시간만큼은

그 자리에서 버티도록 해라

날마다 꾸준히 견디다 보면

너도 모르게

나쁜 습관의 이파리는 시들고

새로운 재미와 보람의 가지가 돋아나며

원하는 습관의 뿌리들이 조금씩 내릴 거야

다만 실뿌리가

굵은 뿌리로 굳건하게

자리 잡을 때까지는

단호한 의지와 인내심으로

긴장을 늦춰서는 안 돼

편안한 과거의 습관으로

돌아가려는 관성이

수시로 너를 유혹할 테니까

Patience and perseverance have the magical effect before
which difficulties disappear and obstacles vanish.
인내와 끈기는 모든 어려움과 장애물을 사라지게 만드는
마법같은 효력이 있다.
John Quincy Adams

왜 성적으로 사람을 취급하죠?

선생님들과 부모님은

왜 성적으로 사람을 취급하죠?

성적이 좋으면 특별 대접하고

성적이 나쁘면 무시하기가

일쑤에요

난 사람이지

성적이 아니라구요

성적을 만들어내는

기계도 아니구요

제발 인격을 존중 받는
사람 취급 좀 해달라구요

미안하다 아들아
정말 잘못했다
나도 모르게
어려서부터 성적을
지나치게 강조한 것 같구나
매일매일 들으면서도
여러 해 동안
무던히 견뎌준 네가 고맙다

사람의 인격은
나무와 같아서

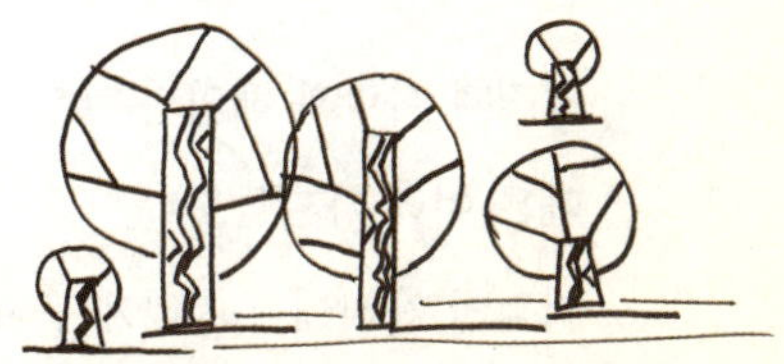

어느 한쪽 가지만 중요한 게 아닌데

우리나라에서는

지적인 가지만

유난히 중요시하지

엄마도 그런 교육을 벗어나지 못했어

잘못된 현실을 알면서도

내 아들이 경쟁에 뒤지는 것 같아서

눈앞에 보이는 성적만 중요시하고

상처 받는 네 마음을 헤아리지 못했어

정직과 사랑과 책임과 같은

다른 여러 가지들도

지적인 가지에 못지않게 중요하고

함께 잘 키워서 어울리게 해야

어느 한쪽으로만 기울지 않은

멋지고 훌륭한 나무가 된다는 것을

뼈저리게 깨닫지 못했던 거야

이제부터는

성적으로만 너를 보지 않도록 애쓸 테니

너도 성적 때문에 지나치게 상처받지 말고

그렇다고 소홀히 하지도 말아라

Character is like a tree and reputation is its shadow.
The shadow is what we think of it; the tree is the real thing.
인격은 나무이며 평판은 그 그림자이다.
그림자는 상상 속에 존재하는 것이며 나무는 실존하는 것이다.
Abraham Lincoln

공부는 도대체 왜 해야 되나요?

날마다 공부 공부 공부 공부

근데 공부는 도대체 왜 해야 되나요?

취직을 위해서

아님 돈 벌기 위해서요?

그런 것들도 중요하지만

무엇보다도 인격을 계발해서

너 자신은 물론

다른 사람들과 행복을 나누며 살기 위해서야

그런데 인격엔 여러 가지 재능과 능력이

씨앗처럼 들어 있어서

제때 적당한 방법으로 키우지 않으면

그것들이 자라서 꽃을 피우고 열매를 맺지 못해

농사도 봄에 씨를 뿌리고

여름에 무성하게 키워야

가을에 풍성한 곡식을 거두게 되듯이

너에게 지금은

열심히 씨앗에 물을 주고

가꿔야 할 때인 거지

봄에 때를 놓치고

가을에 가서 씨를 뿌린다면

아무리 노력한다 해도

고생만 했지

좋은 열매를 거둘 수가 없잖아

엄마는 그런 것을 잘 알기에

때를 놓치고

뒤늦은 후회를 하지 말라고

공부 공부하는 거란다

Happiness is a byproduct of an effort to make someone else happy.
행복이란 타인을 행복하게 해주려는 노력의 부산물이다.
G. Palmer

진짜 성공이 뭐죠?

공부 잘 해서

명문대학 가서

대기업에 취직하는 게 성공일까

아님 공부는 잘 하든 못하든

돈 많이 버는 게 성공일까

엄마는 공무원이 되는 게

최고라고 하고

아빠는 돈 많이 버는 게

최고라고 하니

정말 헷갈린다

정환아

색안경을 써본 적 있니?

빨간색 안경을 쓰면

세상이 빨갛게 보이고

파란색 안경을 쓰면

세상이 파랗게 보이지

사람마다

가치관이 달라서

성공을 바라보는

안경 색도 제각기 다르단다

돈을 중시하는 사람은

돈의 안경을 쓰고

돈으로 성공을 판단하고

명예를 중시하는 사람은

명예의 안경을 쓰고

명예로 성공을 판단한단다

어느 안경이 최고 훌륭하다고

규정하기는 어렵지만

선생님은

사랑의 안경을 권하고 싶다

어디에서 무슨 일을 하든

사랑의 눈으로 바라보며

함께 하는 자들과 서로 도우며

기쁨과 의미를 만들고 나누는 삶이

진짜 성공이 아닐까

Try not to become a man of success,
but rather try to become a man of value.
성공한 인간이 아니라 가치 있는 인간이 되려고 노력하라.
Albert Einstein

뭐 땜에 살아요?

눈만 뜨면
공부 공부 공부
사람은 뭐 땜에 살아요?

나도 고등학교 때
그게 궁금해서
선생님께 물었더니
시간 있으면
영어 단어 한 개라도 외우라고
핀잔을 주더라

아버지께 물었더니

내가 그걸 알면

농사를 짓겠느냐고

쓴웃음을 지으셨지

오랜 세월

그 질문은 답을 얻지 못한 채

가슴 속을 맴돌며

수많은 가슴앓이를 겪은 후에

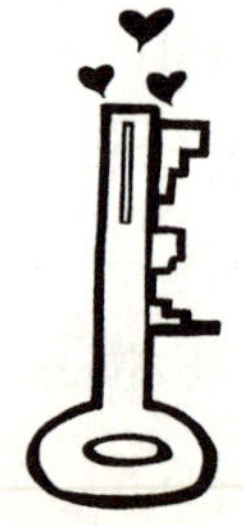

사랑을 위해 산다는

답을 얻게 되었다

공부도 취직도 돈도

결국은 사랑을 위해

필요한 것들이라는 걸

알게 되었지

자신과 가족만이 아니라

많은 사람들과

보다 크고 아름다운 사랑을

나누는 삶을 위해서

많은 능력과 재능을 키우는 공부는

미래의 멋진 사랑을 위해

너무나 소중하고 의미 있는 준비인 거야

Love is life's end, all joys, all sweets, all happiness
사랑은 삶의 목적이고, 모든 기쁨이며, 모든 유쾌한 것이고,
모든 행복이다.
Gles Fletcher

게임 좀 실컷 하게 해주세요

아직도 컴퓨터 하니?
제발 좀 끄고 공부 좀 해라

얼마 하지도 안 했는데
공부하라는 잔소리
지긋지긋해요
며칠 아니 몇 시간이라도
게임 좀 실컷 했으면 좋겠어요

아들아

공부가 재미없다고
자주 게임만 하다 보면
공부는 점점 하기 싫고
게임에만 빠지게 된단다

감각적인 쾌감은
흥분하는 자극을 통해
좀 더 강한 자극을
지속적으로 요구하며
점점 깊은 중독의 늪으로
끌고 들어가서

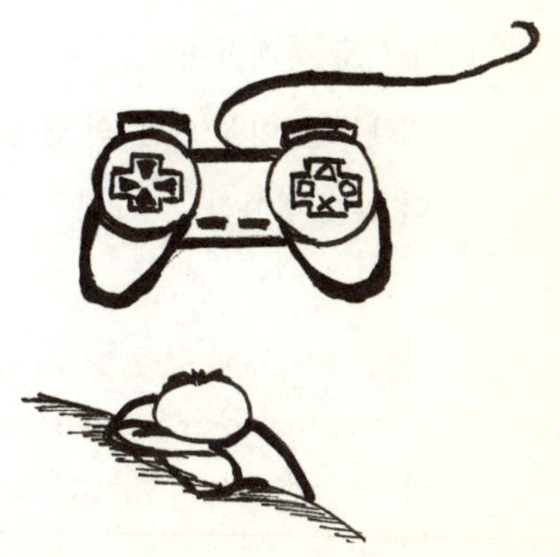

이성을 서서히 질식시키고
통제력을 빼앗아버리고

주인을 감각의 노예로
만들어버린단다

아들아
넌 똑똑하니까
노예가 되기를 원하지 않을 거야
철없는 감각의 유혹을
수시로 경계하며
지혜로운 이성(理性)의 탑을
더 높게 쌓아라

We could never learn to be brave and patient
if there were only joy in the world.
세상살이에 즐거운 일만 있다면, 우리는 용기와 인내를 배울 수 없다.
Helen Keller

차라리 멋진 가수가 될래요

아빠

전 아무래도

공부 체질이 아닌가봐요

힘들고 지겨운 공부로 성공하기보다는

차라리 멋진 가수가 될래요

아들아

공부 잘 하기가

쉬운 게 아니듯이

가수가 되는 것도

그에 못지않게

어렵단다

밤바다를 밝히는

멋진 등대도

그곳에 도달하려면

험난한 바다를

건너야 한다

때로는 비바람을 견뎌야 하고

때로는 세찬 파도와

싸워야 한다

이 세상에

소중하고 빛나는 어떤 것도

쉽게 얻을 수 있는 건

아무것도 없단다

바닷가에 뒹구는

하찮은 조약돌 한 개도

숱한 세월

거센 파도와 싸운 끝에

만들어진 것이란다

어떤 꿈을 꾸든

고통이 따르지 않기를 바라기보다

고통을 이길 수 있는 인내와 지혜를 구하며

끊임없이 노력할 때만

그 꿈을 이룰 수 있다는 걸

잊지 말아라

 The greater the difficulty, the greater the glory.
고난이 클수록 영광도 크다.
Cicero

교과서와 참고서만 먹고 사는 벌레

눈만 뜨면
학교에서나 집에서나
쉴 새 없이 먹는 음식
때로는 너무 먹어서 지겹고
때로는 맛이 없어서 토할 지경이다

몰래 딴 음식을 먹고도 싶지만
감시하는 시선이 너무 많기도 하고
먹을 시간마저 별로 없어
너무너무 슬퍼 죽을 지경이다

이제는 영양실조로

감정의 기름마저 메말라 버리고

영혼의 불씨마저 꺼져가고 있지만

오늘도 여전히 지겨운 음식만

눈앞에 가득하다

그래도 선생님과 부모님은

빨리 먹으라고

많이 먹으라고

재촉하신다

아

누가 내 영혼의

신음의 절규를 들어줄까

죽어가는 내 영혼에
생기를 넣어줄까

이때 창밖에서 들려오는
어머니의 흐느끼는 기도 소리가
내 영혼의 절규를
감싸 안는다
감싸 안는다

Difficulty is a severe instructor.
곤란은 가혹한 스승이다.
Edmund Burke

너무너무 외로워요

전 가족도 있고
친구들도 있지만
언제나 혼자 있는
외로운 섬이에요

엄마와 아빠와는
대화가 끊어진 지 오래 됐어요
가슴을 찌르는
칼처럼 날선 말이나
폭탄처럼 속을 뒤집고 박살내는

몇 마디 말이
하루에 전부랍니다

친구들도
항상 왕따를 시키며
싸늘한 무시와 비웃음만 보내와
웃고 떠드는 분위기가 될수록
더욱더 비참하고 슬픕니다

오직 제 곁엔
입시에 대한 중압감만이
먹구름처럼 감돌며
답답한 가슴을
옥죄인답니다

선생님도 가슴이 너무 아프구나

힘들고 어려울 때

때로는 하소연도

때로는 불평도

받아줄 수 있는 사람이 있어야

고통도 슬픔도 덜 수 있을 텐데

지금까지 견뎌온 네가

대단하구나

그동안 얼마나 힘들고 외로웠니

앞으로는 힘들고 외로울 때

선생님을 찾아오거나

문자나 메일을 보내라

부모님께 야단을 맞을 때는

강하게 맞서서 대항하지 말고

네 뜻과 달라도 잘 들으려고 애써라

참기 어려울 만큼 속이 상할 때는

어린아이처럼 울거나 어리광을 부리며

네 속마음을 털어놔봐라

부모님이 누구보다도

널 사랑하고 있다는 걸

알게 될 거야

친구들이 멀리할 땐

네가 먼저 미소를 지으며 다가가

말을 걸거나 도움을 청해봐라

대화를 나눌 땐

자존심을 내세우며 이기려 하지 말고
상대의 이야기를 존중하며 잘 들어라

마음을 열고 진심으로 다가가면
친구들도 차츰 너의 마음을
받아주게 될 거야
처음엔 어색해도 포기하지 말고
꾸준히 어울리려고 노력해라

Treat your friends as you do your best pictures,
and place them in their best light.
당신의 가장 소중한 사진을 다루듯이 친구들을 대하라.
그리고 그들이 가장 돋보이게 하라.
Jennie Jerone

재미를 위해 살 거예요

공부 못 하면 어때요

내 멋대로 살며

재미만 있으면 되지요

재미도 없고

힘들기만 한 공부를 뭐 땜에

기를 쓰고 해야 하는지 모르겠어요

아들아

재미있게 사는 건

누구나 좋아하지만

인생에 재미만 있을 수는
없는 것이 문제란다

아무리 좋아하는 일도
잘 하거나
꾸준히 오래 하는 건
쉬운 일이 아니야

힘든 것을 피하고
재미만 너무 좋아하다 보면
점점 일이 하기 싫고
게을러지게 된단다

인생은

두 개의 둑이 있는
강과 같아서
즐거움과 고통이
수시로 바뀌어 흐르는 거란다

고통이 밀려올 때는
피하고 싶거나
견디기 힘들 수도 있지만
나쁘기만 한 건
아니란다
즐거움이 도저히 줄 수 없는
인내와 지혜의 보석을
주니까

Plenty and peace breeds cowards, hardness ever of hardiness is mother.

풍요와 평화는 겁쟁이를 기르고, 곤경은 언제나 용기의 어머니이다.

Shakespeare

십대에게도 심장은 있다구요

왜 이렇게 힘들고 아프고

자존심 상하면서

살아야 하는 것일까

수많은 질문을 던져보지만

대답해주는 이는

아무도 없다

나를 이해하고 감싸주는 사람은

아무도 없다

나에게 아무리 묻고 또 물어도

나는 대답해주지 않는다

두렵다

두려워 미칠 지경이다

가슴속에 깜빡이는 형광등이

곧 꺼져버릴 것만 같다

네가 이렇게 힘들어 하는 줄은

정말 몰랐다

엄마는 너만 보면

공부 공부만 주문처럼 되뇌이며

너를 공부하는 기계인냥

학대하고 말았구나

네 심장이 이다지도 아프고

공허하고 외로운 줄을

몰랐으니

엄마는 이웃집 아줌마보다도 못했구나

이제부터는

힘겨운 삶의 문제들을

엄마와 함께 손잡고 풀어가자

엄마가 너무 부족해서

명쾌한 답은 주지 못할지라도

언제나 마음을 비워놓고

너의 이야기를 편안히 담아줄게

사랑한다

내 딸아

엄마 품에 안겨보렴

Thus after a season of tears a sober and softened joy may
return to us.
눈물의 계절 후엔 차분하고 부드러운 기쁨이 돌아올 것이다.
Amiel

세상이 다 썩었어요

대통령, 국회위원부터
나라에 잘났다는 사람들
모두 비리로 썩어서
이 나라의 장래가
캄캄하고

입시정책마저
해마다 바뀌고
청년실업이
해마다 늘어가는

소용돌이 속에서

무엇 땜에

입시지옥에서 시달리며

피어나는 꽃망울을

터뜨리기도 전에

무참히 죽어가야 하죠?

아들아

네 말대로

이 땅이 부패로 썩었다 해도

그걸 불평하며 비관하지 말자

그렇게 한다고 썩은 악취가 사라지거나

덜해지지 않을 테니까

오히려

너같은 젊은이들이 분발하여

이 땅의 부패를 갈아엎고

정의의 뿌리를 내리는 데

앞장서는 게 좋지 않겠니?

냄새나고 칙칙한 쓰레기 더미 위에서 핀 꽃은

이 땅의 모든 이들에게

기쁨과 희망의 빛을

더욱 고귀하고 아름답게

던져줄 것이다

Great hopes make great men.
위대한 희망은 위대한 인물을 만든다.
Thomas Fuller

자살하고 싶어요

성폭행도 당한 적 있는데
요즘 남친한테 차여서
우울증이 심해졌어요
더 이상 살고 싶지 않아요
이런 더러운 인간은
더 이상 살 이유가 없는 것 같아요

너무 힘들겠구나
하지만 죽음은 최후의 선택이므로
냉정히 판단할 시간을 가진 후

결정해도 늦지 않아

성폭행에 대한 죄책감은
버려라
가해자가 더러운 죄인이지
네 잘못은 없으니까

아픈 기억은 시간이라는 약이
차츰 치료해줄테니
재미있는 다른 일이나 취미로
관심을 돌려라
이따금 아픈 기억이 괴롭힐 때는
미친 듯이 노래도 불러보고
춤도 춰 봐라

지금 혼자서 내리는

성급한 판단은 금물이야

우울증으로 지배당하는 이성(理性)은

매사에 부정적인 판단을 내리지만

스스로는 전혀 느끼지 못하기

때문이지

헤어진 남친의 아픔은

시간이라는 약이

곧 치료해줄 것이고

다른 사람들도

그런 아픔을 겪으며

인생을 살아간다는 걸

헤아려보아라

누가 뭐래도

하나밖에 없는 생명은

소중한 거야

지금 견디기 어렵게 힘들어도

아픔을 이기기 위해

더 몸부림치며 노력해보고

마지막 결정을 해도

절대 늦지 않으니

시도도 안 해보고

포기한다면

너무 억울하고 분하지 않니?

지나간 슬픔에 새 눈물을 낭비하지 마라.
Euripides

여친 땜에 공부가 안 돼요

내가 왜 이러지

내일 모레가 시험인데

공부에 전혀 집중이 안 되고

그녀의 동영상만

머리에 돌아가고 있으니!

다시 마음을 다잡고

집중하려 하지만

채 몇 분도 가지 않아

휴대폰에 문자를

적고 있다

이러면 안 돼 안 돼 하면서도
그녀의 포로가 되어
귀중한 시간만 죽이고 있다
어찌해야 공부에 집중할 수가 있을까

아들아
너무 괴로워하지는 말아라
너같은 사춘기 때에는
누구나 이성 친구 때문에
가슴앓이를 한단다
없어도 고민이고
있어도 고민이지

사랑은 갑자기 일어나는

폭풍 같아서

가슴속을 온통 뒤흔들고

이성(理性)을 빼앗아가기가

십상이란다

그러한 폭풍의 소용돌이 속에서

이성(理性)을 굳건히 붙잡고

공부에 전념하기 위해서는

여자 친구에게

너의 사정을 알리고

당분간 만남과 연락의 횟수를 줄여서

거친 폭풍의 바람이 누그러지도록 애써라

눈에서 멀어지면 마음도 멀어진다고 하잖니

도저히 견디기 어려울 땐
좋아하는 운동을
땀이 흠뻑 나도록 하거나
목청껏 노래를 불러보아라

관심과 에너지를
딴 곳으로 돌리다 보면
어느새 폭풍이 잔잔해지고
이성이 제 기능을 되찾아
공부에 집중할 수 있을 거야

중요한 시험이 지날 때까지
당분간 교제를 보류하는 거니까
너무 불안해하거나 염려할 필요는 없어

그녀도 네 마음을 이해하고

네가 잘 되기를 기도해줄 거야

 True love is the ripe fruit of a life time.
참 사랑은 평생 익는 과일이다.
Lamartine

나는 왜 이렇게 키가 작죠?

친구들도 무시하고
어디 가면 초딩인 줄 아는
사람들도 있고
여자들은 거들떠보지도 않으니
자존심 상해서 못 살겠다

남들은 잘만 크는데
나는 왜 이렇게 못 크는 걸까
엄마도 작고
아빠도 작으니

그럴 수밖에 없는 운명이겠지

미안하다

아들아

맘이 많이 아프겠구나

엄마도 너 못지않게

맘이 아프단다

남보다 더 크고 잘 생겨서

자랑스러워 하는 모습을

보았으면 더 좋았을 텐데

하지만

무엇보다도 중요한 건

어쩔 수 없는 것 때문에

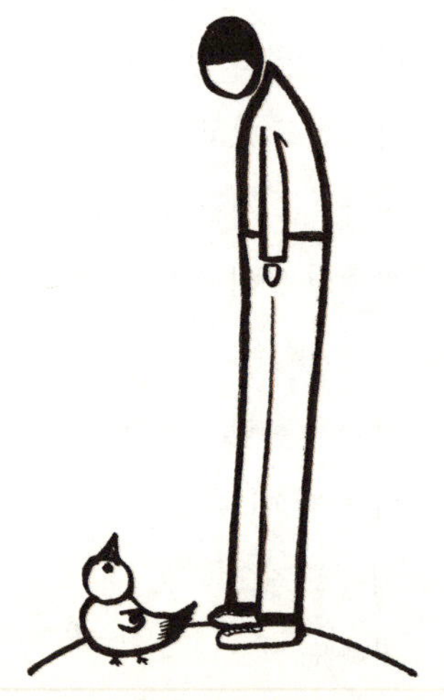

고민하고 괴로워하지 말고

발전 가능한 것을 위해

노력하는 거야

아무리 탁월한 외모도

늙어갈수록

아름다운 빛깔을 잃게 되지만

내면은

무한한 발전 가능성이 있는

보물창고와 같으니

외모가 잘났다고

청춘의 한 때 뻐기기보다는

내면의 재능과 능력을

부지런히 갈고 닦아서

나이가 들수록

많은 사람들에게 인정받고

존경 받는 것이 낫지 않겠니

Unhappy is he who thinks himself unblest.
스스로 불행하다고 생각하는 자는 불행하다.
Seneca

영어단어 외우는 비법 없나요?

외우기도 싫고
외우면 금방 잊어버리니
머리가 나쁜 걸까요
방법을 몰라서 그럴까요
단어 외우는 무슨 비법이 없나요?

선생님도 어릴 때
그런 생각을 해본 적이 있지만
아직까지 특별한 비법은
발견하지 못했고

몇 가지 효과적인 요령은
터득하게 되었다

무엇보다도
억지로나 의무감보다는
흥미를 가지고 자발적인 자세로
단순히 머리로만 기계적으로 반복하기보다는
눈앞에 구체적인 모습을 떠올려
가슴으로 느끼거나
잘 알고 있는 사물이나 상황과
재미있는 관련을 지어보아라

가장 중요한 것은
단어장에서 하나 하나를

개별적으로 외우기보다

문맥의 흐름 속에서

문장의 내용을 이해하는 가운데

단어의 의미를 유추하며

외워라

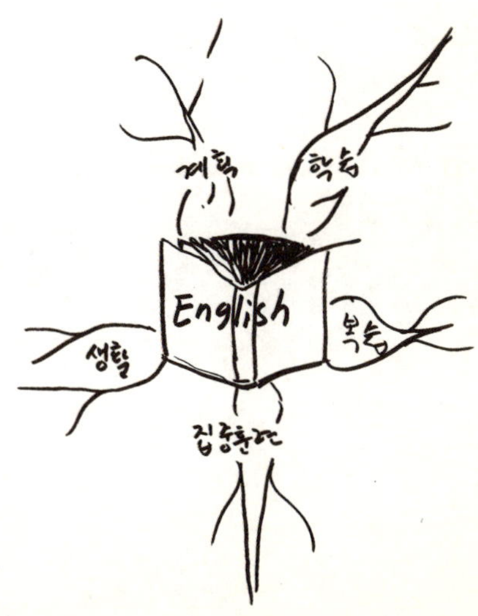

이따금 일시적으로 많은 것을

외우려 하지 말고

날마다 이를 닦는 것처럼

꾸준히 습관적으로 외워라

언어는 생활의 일부가 되지 않으면

능숙해지지 않기 때문이다

Go to the ant, thou sluggard; consider her ways,
and be wise.
너, 게으른 자여, 개미에게 가서 그 하는 것을 보고 지혜를 얻으라.
Proverb

꼴찌에게

성적 같은 건 신경 안 써요

학교 다니기 싫은데

부모님 성화로

억지로 다니고 있죠

공부 잘하는 애들만

편애하는 샘들은

눈 마주치기도 싫고

집에 있어도 심심한데

친구들 만나

시간 때우는 게 낙이죠

언제부터 자포자기했니?

중학교 들어오면서부터
공부는 지겨운데
부모님은 강요하고
샘들은 무시하고
열 받아서 반항하며
놀다보니까
그렇게 됐네요

하고 싶은 건 없니?

많죠

하지만 공부도

못하는 놈의 바람을
누가 들어주나요?

안됐구나
가슴이 아프구나
말 못하고 신음하는 다수를 외면하고
소수의 우수자에만 기대를 거는
지나친 성적 위주의 교육과 문화가
어려서부터 너에게 상처를
많이 주었구나

아직 너는 젊고
앞길이 창창하니
지금부터라도 마음만 먹으면

재미있고 보람되게

할 수 있는 일은

얼마든지 있다

인생을 살아가는 데는

여러 가지 길이 있는 거니까

새로운 목표와 꿈을 가지고

도전해봐라

인생은 마라톤이니

전반부에 좀 놀았다고

좌절하지 말고

원하는 길을 향해

힘 있게 뛰어봐라

너는 어린 나이에

남다른 아픔도 서러움도 많이 겪었으니
어떤 일이든 잘 견디며 할 수 있을 거다
땀 흘려 뛰기 시작하면
새로운 의욕과 기쁨도
생기게 될 거야

My hopes are not always realized, but I always hope.
나의 희망이 항상 실현되는 것은 아니라도 나는 항상 희망한다.
Ovidius

불합격자에게

힘들었지

지금은 아무와 만나기도

이야기하기도 싫을 거야

너의 허탈한 가슴 속에

서리서리 맺힌 피멍을

누가 알며 누가 위로할 수 있단 말이냐

많은 사람들은

합격자에게만

칭찬과 위로를 보낼 뿐

실패자에게는
싸늘한 무관심이나
무시의 시선을 보내지

사회는 무섭기까지 하다
대다수의 직장들은
소수의 합격자만 선택하고
다수의 불합격자는
관심도 대책도 없이
일회용 쓰레기처럼
버리고 만다

누가 그들의
아픈 가슴을 달래주고

장래에 대한 대책을
마련해준단 말인가
정부는 그들을 위해
과연 무엇을 준비하고 있는가

불합격자여
너무 실망하지 마라
불과 몇 점 차이로
실패한 것이니
머리가 나쁘거나
무능력하다고
자학하지 마라

하루빨리

마음을 추스르고
심기 일전 해라
누구나 살다 보면
실패의 경험은 하게 마련이니까

가장 중요한 건
실패를 한 후
좌절하느냐
재기하느냐의
태도인 것이다

전화위복
새옹지마
행복의 한쪽 문이 닫히면 그 순간

다른 쪽 문이 열린다는

헬렌 켈러의 말을 되새겨봐라

When one door of happiness closes, another opens,
but often we look so long at the closed door that we do not see
the one which has been opened for us.
행복의 한쪽 문이 닫히면 다른 쪽 문이 열린다.
그러나 흔히 우리는 닫힌 문을 오랫동안 보기 때문에
우리를 위해 열려 있던 문을 보지 못한다.
Helen Keller

장래희망

장래희망이 뭐니?
어느 대학 무슨 과를
지망하려고 하니?

글쎄요
둘 다 정하지 못했어요
그런 생각만 하면 마음이 무거워요
점수가 나빠
명문대학 인기학과는
쳐다볼 수도 없으니까요

점수가 도대체 뭐길래
꿈과 희망을 산산이
박살내는 것일까요?

아들아
너무 걱정마라
명문대학 인기학과를 못 간다 해도
멋진 너의 꿈을 이룰 수 있을 거야
엄마는 네가 높다른 정상을 정복하기만을
바라진 않는단다
정상에서 뻐기며 남들을 호령하기보다는
낮은 언덕일지라도 힘들고 어려운 사람들을
사랑하며 도우며 살아가면 더 좋겠어

이제 무거운 짐을 털어버리고

멋진 꿈을 향해

좀 더 가벼운 발걸음으로 걸어가렴

엄마가 언제나 든든한 지원군이 되어줄게

아무 때라도 힘들거나 지치면

엄마의 도움을 요청해라

단지 매일 매일

최선을 다하며 노력하는 거다!

⧗ The man who has the will to undergo all labor may win to any goal.
모든 노력을 경주하며 해내겠다는 의지를 가진 자가
어떤 목적에서도 승리할 수 있다.
Menander

멀리 보고 높이 날아라

아들아

비록 힘들고 바쁘게

학교와 집과 학원을

맴돌고 지내지만

수시로 푸른 창공을 보며

큰 꿈을 품어라

눈앞의 문제들만

자주 쳐다보면

문제가 더 커 보이고

심각하게 보인단다

바로 밑에서 보면
크게 보이는 산도
멀리 높은 곳에서 보면
훨씬 작아 보이듯이

현재 문제들에만 둘러싸여
한숨만 내쉬지 말고
때로는 인생의 긴 안목에서
때로는 짧은 여행이라도 떠나
문제를 바라보면
해결의 실마리뿐만 아니라
용기와 자신감도

되찾을 수가 있단다

현실이 아무리 무겁고 힘들어도

큰 꿈을 잃지 말고

좀 더 멀리 보고 높이 날아라

포기하지 않는 꿈은

언젠가 반드시 이루어진다

All our dreams can come true, if we have the courage to pursue them.
우리에게 꿈을 꾸는 용기가 있다면 모든 꿈은 실현된다.
Walt Disney

하고 싶은 것의 우선순위를 정하라

꿈 많은 십대에는

하고 싶은 것이 너무 많아

잠 못 이루며

고민하기도 하고

꿈의 모델로

존경하고 동경했던

가수의 콘서트나

운동선수의 경기장에

쫓아가서

열광도 해보지만

공부에 대한
무거운 부담으로
어느 꿈 하나
제대로 실행해보지 못하고
방황하기가 일쑤지

하지만
입시지옥을 불평하거나
완고한 부모님을 원망하기 전에
하고 싶은 일의 우선순위부터
정해보도록 해라

이 세상의 그 누구도
하고 싶은 욕망을
다 이룰 수는 없는 거니까
현재 꼭 해야만 하는
가장 중요한 것부터
수년 뒤에 해도 문제가 없는
욕망에 이르기까지
순서를 나열하여

아무리 절절히 해보고 싶어도
다급하지 않은 것은
뒤로 미루거나 포기하고
현재 절실하고
중요한 것에

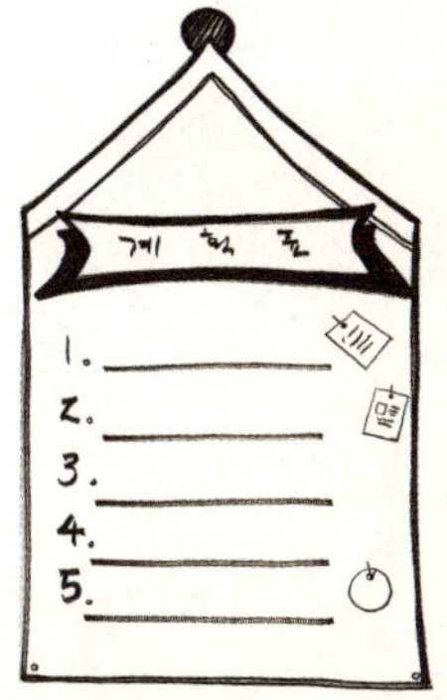

시간과 에너지와 정신을
몰입하도록 해라

The secret of genius is to carry the spirit of the child into
old age, which means never losing your enthusiasm.
천재가 되는 비결은
죽을 때까지 어린아이와 같은 열정을 잃지 않는 것이다.
Aldous Huxley

시간을 아껴라

시간은 간다
네가 숙제를 다 못했어도
시험공부를 다 못했어도
피곤해 지쳐 쓰러져도
봐주는 법이 전혀 없이
제멋대로 달려간다

시간을 허비했다고
지나간 잘못을 뉘우치며
아무리 목 놓아 울어도

눈도 깜빡 하지 않고
앞으로 앞으로만 달려간다

무엇보다도
오늘
이 순간을
즐겁고 의미 있게 잘 보내라
과거의 후회나 미래의 염려 때문에
슬퍼하거나 두려워하며
방황하지 말고

자투리 시간을 잘 사용하는 것도
중요하지만
하고자 하는 일의 우선순위를 정하고

가장 급하고 중요한 것의
목표와 계획을 세우고
그에 집중하여 몰입하는 것이
최상이다

허비하지는 않아도
계획 없이
기분에 따라
이 일 저 일에 분산되면
한 가지도 뚜렷한 성과를
기대하기가 어려우니까

시간은
널 기다리지 않고

지금 이 순간도

총알같이 달려가고 있음을

다시 한 번 명심해라

Time and tide wait for no man.
시간은 사람을 기다리지 않는다.
Time flies like an arrow.
시간은 화살처럼 날아간다.

독서가 성공을 이끈다

교과서와 참고서 읽기도
지치는데 무슨 책을 읽느냐고?

편식을 하는 사람에게
비타민처럼
정신이 지친 자에게는
마음의 양식이
긴요하단다

바쁘고 지쳤을 때라도

틈틈이 잠시라도

마음의 양식을 먹으면

피로가 회복되고

정신의 활력을 되찾을 수 있을 거다

무엇보다도

평소에 꾸준히

마음의 양식을 먹으면

영혼이 풍성하고 성숙해질 뿐만 아니라

언제나 지치지 않는 정신적 활력을

유지할 수가 있단다

영혼이 성숙하면

강요나 의무감이 아니라

무엇을 위해 왜 해야 하는지

스스로 깨닫고

자발적인 자세를 취하기 때문에

같은 공부를 해도

덜 힘들고 효과적으로 하게 된다

뿐만 아니라

평범한 사람보다 지혜롭고 위대한 목표를 세워서

넘치는 정신적 활력으로

남보다 차원 높은 성공의 길을 달려가게 된단다

따라서 양서를 읽는 것은

절대 시간 낭비가 아니라

성공의 지름길을 가는

최고의 보약이 되는 것을
명심하여라

Employ your time in improving yourself by other men's writings, so that you shall gain easily what others have labored hard for.

다른 사람들이 힘들게 노력해 얻은 것을 쉽게 얻을 수 있도록
책을 읽어 당신을 성장시키는 데 시간을 사용하라.

Socrates

뚜렷한 목표와 신념을 가져라

성적을 올려야 되고
원하는 대학에 가는 게
눈앞에 닥친
너의 최대 목표가 될지 모르지만

원하는 대학은 왜 가고자 하는지
졸업한 후에 무엇이 되고자 하는지
왜 되고자 하는지도
청사진을 그려보아라

탐험가 리빙스턴은

아프리카에서 탐험을 하던 중

사자에게 어깨를 물렸을 때

주변 사람들이

이제 탐험을 그만하고

본국에 들어가서

편안히 여생을 보낼 것을

권유 받았는데

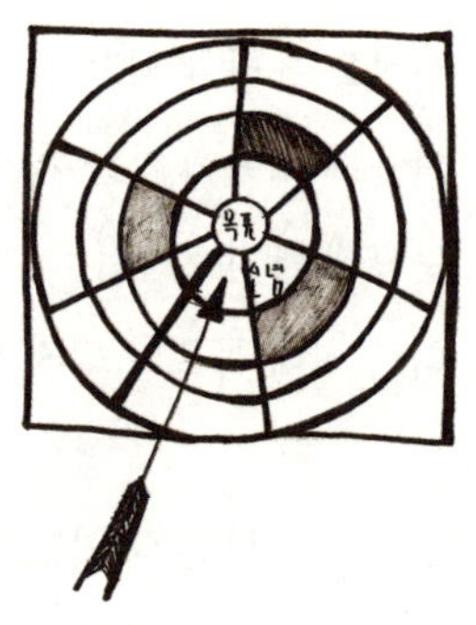

그 제안을 단호히 뿌리치고

사명이 있는 자는

절대 죽지 않는다는 말을 하며

힘든 탐험의 일을

계속 했다고 한다

공부를 하는 목적이나 이유에 대한

뚜렷한 신념을 갖게 되면

공부를 하는 자세도

수동적이고 의무적이 아니라

능동적이고 적극적으로 될 뿐 아니라

난관을 헤쳐 나가는

자발적인 의지와 인내심도

솟구치게 되리라

Selftrust is the first secret of success.
자기 신뢰가 성공의 첫 번째 비결이다.
Emerson

창조적인 정신을 키워라

입시지옥을 벗어나
명문대학에 들어가서
대기업에 취업하려는
수많은 젊은이들이 있다

모두 다 경쟁은 치열하고
합격의 문은 좁아
대다수는 실패하고
낙담과 좌절의 고통을
겪을 수밖에 없지만

이를 아는지 모르는지

수많은 사람들은

여전히 좁다란 문 앞에

줄을 서서

걱정과 불평의 탄식을 하고 있다

실패하고도

또다시 줄을 서는

그들의 가슴속에는

오직 이 길을 가야 성공한다는

고정관념이 박혀 있다

아들아

삶에는 수많은 길이 있고

성공에 이르는 길도

여러 갈래가 있다는 걸

명심해라

많은 사람들이 오랜 세월

인정해 온 길이

좀 더 안전할지는 모르지만

자신의 꿈을 이루기 위해

새로운 길을 가는 것도

의미 있는 선택이 될 것이다

대다수가 실패하는 경쟁의 길을

무작정 따라가려 하지 말고

새로운 발상을 하며

다수가 가지 않는 새로운 길을 개척하고자

끊임없이 도전하는

창조적인 정신을 키워라

그 길은 난관이 있는

모험의 길이 될지도 모르지만

너의 꿈을 이룰 수 있는

즐겁고 보람찬 길이 될 것이다

Man is the artificer of his own happiness.
사람은 그 자신의 행복의 기술자이다.
Thoreau

용기 지수를 높여라

밤낮으로 공부에 지치고

성적에 시달리다 보면

자신감에 상처가 늘어가고

열등감이 깊어지며

미래에 대한 두려움에

휩싸여

어린 시절부터 품어 온

야심찬 목표조차

포기하고

눈앞의 시험이나 성적에만

전전긍긍하며

불안한 나날을 보내기 쉬우니

아들아

눈앞의 현실이 아무리 어렵고

심신이 지쳤다 해도

먼 훗날의 원대한 꿈을

절대 잃지 않도록 해라

소심한 사람이

어려운 처지를 비관하며

좌절의 골짜기를 헤맬 때에도

용기 있는 사람은

어려운 처지를 이겨낼 수 있다는

자신감과 도전정신을 스스로 북돋우며

정상을 향한 발걸음을

멈추지 않는단다

실패는 있어도

좌절은 없다는 정신으로

높은 꿈의 정상만을 바라보며

날마다 용기 지수를 높여라

높은 용기 지수는

긍정적이고 적극적인 생각의 습관을 만들어
성공을 정복하는 튼튼한 토대가 될 것이다

A man is not finished when he is defeated,
he is finished when he quits.
인간은 패배했을 때 끝나는 것이 아니라 포기했을 때 끝나는 것이다.
Richard M. Nixon

타이밍을 놓치지 마라

이 세상을 살며

꼭 이루고 싶은 꿈을

가슴속에 품고 있지만

현실적인 여건이

마땅치 못해

꿈을 향한 도전을

뒤로 마냥 미루고 있지 않니?

지금은 대학입시가 중요하니까

대학에 가서는 군대를 가야 하니까

제대를 해서는 취직이 급하니까

취직을 하고는 결혼을 해야 하니까

우리의 삶 속에는

이런 저런 바쁘고 힘든 일이

언제나 얽혀 있어

자칫하다간

핑계와 구실만을 대며

꿈을 잃어버리거나

포기하는 사람들이 많다

미련을 버리지 못해

뒤늦게 도전하기도 하지만

적절한 기회를 놓쳐

뜻한 바가 제대로 되지 않아
후회의 눈물을 흘리는 사람들도 있다

씨를 뿌려야 할 때가 있고
곡식을 거둬야 할 때가 있듯이
꿈을 이루는 과정에도
타이밍이 무엇보다도 중요하다

사회적인 상황은 항상 변화하며

시간은 너를 기다리고 있지 않으니

제때를 놓치지 않도록

항상 점검하고 준비하며

꾸준히 노력해라

Make hay while the sun shines.
태양이 빛날 때 건초를 만들어라. (좋은 기회를 놓치지 마라)

기쁨 지수를 높여라

인상 좀 펴라

좋은 일이 있어야죠?
아빠는 내가 얼마나 힘든지
모르실 거예요

학교, 학원, 과외
시험, 시험, 시험
숨이 막힐 지경이라구요

네 심정은 이해가 가지만

그런 기분이 지속되면

우울한 기운이 온 몸에 퍼져

공부에 대한 의욕과 열정이

죽어버리게 된단다

맞아요
지금 제가 그런 상태인 것 같아요
모든 걸 다 그만두고 어디론가
떠나고만 싶어요

기쁨 지수를 높여라
기쁨을 되찾아야만
매사에 의욕과 열정이 살아나고
공부를 할 수 있는
강한 정신적 에너지가 생긴단다

너같이 힘든 상황에서는
가끔 기분 좋은 일이 생길 때만
수동적으로 기뻐하는 것이 아니라

작은 기쁨거리라도

적극적으로 만들거나 찾아서

기쁨을 극대화하려고 노력해야 해

수시로 좋아하는 음악을 듣든지

좋아하는 차를 마시든지

좋아하는 운동을 하든지 말야

그리고 어떤 일이라도

긍정적으로 생각하려고 노력해라

부정적인 판단은

고통과 좌절을 가져오지만

할 수 있다, 된다라는 긍정적인 생각은

기쁨과 희망을 유지시키지

컵에 물이 반쯤 남아 있을 때

아직 반이나 남았구나 하고

마음의 평화를 유지하는 것이

반밖에 남지 않았다고

불안해 하고 염려하는 것보다

훨씬 낫지 않겠니

A merry heart makes a cheerful countenance,
but by sorrow of heart the spirit is broken.
마음의 즐거움은 얼굴을 빛나게 하여도,
마음의 근심은 심령을 상하게 하느니라.
The Old Testament

자긍심을 가져라

반복되는 시험 때문에
성적이 남과 비교될수록
자신감에 점점 상처를
입게 되어

난 지극히 평범해
크게 되기는 틀렸어
머리도 안 좋구
그럭저럭 사는 거야
이런 생각에

지배를 받기 쉽다

아들아

결코 자신을 과소평가하지 마라

조그만 일로

친구가 무시해도

화를 버럭 내며 참지 못하면서도

스스로 능력을

과소평가하는 것은

그 무엇보다도

어리석은 일이다

넌 누구보다도 소중한

이 세상에

하나밖에 없는 사람이며
누구와도 비교할 수 없는
개성과 재능을 가진 사람으로
앞으로 얼마나 훌륭하게 발전할지
아무도 속단할 수 없는
아빠의 희망이다

자긍심을 가져라
학교에서의 몇 과목 시험으로
사람의 다양하고 무한한 능력을
제대로 평가할 수는
결코 없는 것이니
그로 인한 상처를 떨쳐버리고
너의 무한한 잠재적 능력에 대해

새로운 자부심을 가지고

당당하게 살아라

Without a rich heart, wealth is an ugly beggar.
풍요로운 마음이 없다면, 부는 추한 거지와 같다.
Ralph Waldo Emerson

이기주의 덫에 갇히지 마라

성적 올랐니
지면 안 돼
이겨야 산다
경쟁시대다

어려서부터
이런 말을 많이
듣고 자라는 사람들은
이기주의의 덫에
갇히기 쉽단다

저마다

자신만을 앞세우고

지나친 경쟁을 하다 보면

최고가 되어

기쁨과 행복을 누리기보다는

대다수가 상처를 입고

시기 질투심이 강한

냉정한 이기주의 병이

깊어지게 된단다

남보다

잘 하는 것

이기는 것도 중요하지만

남을 존중하고 배려하고 돕는 것이

더욱 중요하다는 걸 알아야 한다

타인을 경쟁자로만 여기고
자신과 자기 가족만을
사랑하는 사람들은
개개인이 아무리 능력이 있어도

항상 서로 싸우고 갈등하는

살벌하고 무서운

사회를 벗어나지 못할 거다

각자가 이겨야 된다는 덫에 걸려

지나치게 경쟁만 하다 보면

모두가 불행한 실패자가 될 수 있다는 걸

명심하여라

Do to others as you would be done.
남에게 대접을 받고자 하는 대로 너희도 남을 대접하라.
The New Testament

감사 지수를 높여라

새벽부터 밤중까지

힘들고 바쁘게

공부하다 보면

조그만 문제에도

불평을 하거나 짜증이 나고

그런 생활이 지속되다 보면

스트레스는 쌓이고

정신적 활력이

점차 고갈되어

만사가 귀찮고 싫어지지

아들아
그럴 땐
어려운 나라의 청소년들을
생각해봐라
이라크나 아프가니스탄에서는
총성이 울리는데
변변한 교실이나 책도 없이
수업을 하고 있단다

그에 비하면
너는 행복한 환경에서
공부하는 거란다

너의 불평은 그들에게는
행복한 비명으로
들릴 거다

감사하자
여건이 어려운 사람들을 생각하며
감사 지수를 높이자
감사하면
그 자체로도 기분이 좋지만
불평할 때와는 반대로
새로운 정신적 활력이 솟아나
하고자 하는 일의
의욕적인 에너지가 된단다

for this is God' s will for you in Christ Jesus.
범사에 감사하라.
이는 그리스도 예수 안에서 너희를 향하신 하나님의 뜻이니라.
The New Testament

실패를 무시하지 마라

성공만을 바라보며

온갖 구애 작전으로

애태우고 잠 못 이루다가

뜻밖에 거절을 당하고

꿈에라도 만나기를 꺼리는

실패를 만나게 되면

고개를 떨구고

한숨을 쉬며

절망의 넋두리를 하게 되지

하필이면 왜 내가

이 중요한 때에

그토록 싫어하고

두려워하는 그를 만났을까

이제 내 인생은 끝장이야

앞으로 어찌 살아야 하지

하지만

너무 실망하거나 낙담하지는 마라

실패를 만났다고

모든 게 다 나쁜 것만은 아니니까

갑자기 불청객으로

찾아온 실패는

처음엔 우리를 당황시키고

가슴을 후벼파는 고통을 주고

삶의 의욕을 송두리째 빼앗아가기도 하지만

자만한 고개를 겸손하게 숙이게 하고

지나온 삶을 돌아보며

잘못된 행동을 뉘우치게 하고

새로운 지혜를 깨닫게도 한단다

고통의 시간이 지나가면

새로운 용기를 불러와

이전보다 훨씬 강한 각오를 다지게 하고

불타는 도전의식으로

새 희망을 꿈꾸며

이전의 경험을 살려

전보다 훨씬 지혜롭고 노련하게

성공을 만나도록 도와주기도 한단다

To fly we must have resistance.
날기 위해서는 저항이 있어야 한다.
Maya Lin

후회하지 말고 다시 시작해라

가고 싶은 대학은

한 곳도 바라볼 성적이 안 나와

가슴이 답답하고

눈앞이 캄캄하여

수업을 들어도

책을 보아도

전혀 집중이 되지 않고

지난날의 후회가

수시로 밀물처럼 들어와

마음을 뒤흔든다 해도

너무 슬퍼하거나
괴로워하지 마라
지나간 과거는 돌이킬 수 없으니
현재의 소중한 시간마저
죽이지 말고
지금 그 자리에서
다시 시작해라

먼저 마음을 비워라
과거의 좋은 성적에 대한 미련이나
노력하지 않은 후회는
다 날려버리고

입학해서

처음 시작하는 마음으로 돌아가

차근차근

다시 시도해보아라

지금 이 순간

졸업을 하고 재수를 하며

묵묵히 노력하는

수많은 선배들도 있으니

너무 초조해하거나

불안해하지 마라

If you wish to reach the highest, begin at the lowest.
가장 높은 곳에 올라가려면 가장 낮은 곳에서 시작하라.
Publilus Syrus

아래를 보는 법도 배워라

공부를 잘 해야 한다
높은 성적을 받아야 한다
경쟁에서 이겨야 한다
명문대학에 들어가야 한다

대부분의 청소년들은
이런 말을 들으며
성장하는 동안
남보다 위에 오르는 것이
중요하고 훌륭한 것이라는

가치관이 형성되어

항상 위를 보는 습관이

전신에 퍼져 있다

하지만 시간이 흐르며

남보다 위에 오르는 것이

어렵고 힘들다는 것을 경험하며

좌절감과 열등감이

중금속처럼 몸 안에 쌓여

자신감과 야망을 병들게 한다

하지만 많은 사람들은

지치고 힘겨워

신음하면서도

위쪽만을 바라보며
자신의 처지를 개탄한다

한숨만 쉬며
괴로워하지 말고
아래를 한번 내려다봐라

너보다 어려운 가정에서
힘들게 공부하는 친구들
장애를 가지고 힘겹게 살아가는 사람들
너보다 성적이 나빠서 고민하는 친구들
이런 저런 처지의 어렵고 힘든 사람들이
세상엔 너무나 많단다

내가 섬김을 받으러

세상에 온 것이 아니요

세상을 섬기러 왔다고

예수님은 말씀하시며

가난하고 병든 사람들을 위해

일생을 사셨다

이제 수시로 아래를 바라보며

힘과 용기를 내라

세상엔 일부러 아래를 바라보며

어려운 사람들의 손과 발이 된

위인들도 얼마든지 있단다

Just as the Son of Man did not come to be served,
but to serve, and to give his life as a ransom for many.
인자가 온 것은 섬김을 받으려 함이 아니라 도리어 섬기려 하고
자기 목숨을 많은 사람의 대속물로 주려 함이니라.
The New testament

시련은 하필이면 왜 나에게 찾아올까

나이가 먹을수록
살아가는 게
쉽지 않다는 걸 느낀다

인생에 기쁨과 행복만
가득하면 좋을 텐데
하필이면 왜 견디기 힘든 시련이
날 찾아오는 걸까?

이 세상에 그 누구도

시련이 있기를 바라지는 않지만

시련은 예외없이

수시로 모든 사람을 찾아가

고통을 준단다

너에게만 특별히 힘든 시련이

찾아가는 건 아니야

시련은 항상 불청객처럼

우리를 찾아오지만

악마처럼 나쁜 것만을 주고

괴롭히고 파괴하지는 않는단다

때로는 지나온 세월을 돌아보며

반성하게도 하고

때로는 극복할 수 있는 인내심뿐 아니라

용기와 지혜를 주기도 하고

때로는 유익한 훈련이 되어

더 큰 능력을 얻게도 하지

우리의 바람대로 시련이 없다면

점점 게을러지고 정신력도 나약해져

목표를 이루려는 의지력마저

잃어버리게 될 거야

어떤 시련을 만나도

부정적으로만 생각하지 말고

긍정적으로 바라보며

극복하려는 의지와 용기를 북돋우면

너의 미래는 더욱 밝아지고

너의 인격은 더욱 성숙하게 자랄 것이다

Adversity makes a man wise, though not rich.
역경은 인간을 부유하게 만들진 않더라도 현명하게 만든다.
Thomas Fuller

제 남친은 성격이 좋아요

아빠

제 남친은 성격이 아주 좋아요

많은 사람 앞에서

노래도 잘 하구요

말도 잘 하구요

얼마나 웃기고 잘 노는데요

딸아

성격은 만나는 상대에 따라서

수시로 변한단다

집에서는 부모와 말도 잘 안 하는 사람이
친구들과는 무척 명랑하고
수다도 잘 떠는 사람들이 얼마든지 있잖아

누구나 좋아하는 사람 앞에서는
친절하고 예의바르고
훌륭하게 행동하려고 노력하기 때문에
만날 때 일시적으로 드러나는 성격만 보고서
그 사람의 전부를 판단할 수는 없단다

그 사람의 진정한 성품은
다양한 상황의 만남을 통해
조금씩 조금씩 숨겨진 모습을 드러내게 되므로
가족이나 친구 관계까지

상당한 기간 동안 지켜보면서
그 사람이 훌륭한 성품을 지녔는지 알아봐야 해

훌륭한 성품의 소유자는
폐쇄적인 고집이나 편견에 사로잡혀 있지 않고
타인의 생각을 받아들이려는 열린 태도로
상대의 잘못을 이해하거나 용서를 잘 할뿐 아니라
자신의 잘못을 솔직히 시인하고 용서를 구하며
긍정적인 사고방식으로
성실하고 책임감 있게 미래의 발전을 위해서
꾸준히 노력하는 사람이란다

네가 말한 성격도 좋고
아빠가 말한 성품도 괜찮다면

남친으로 더할 나위가 없겠지

하지만 그렇지 않다면

다시 생각해볼 문제겠지

On the whole women tend to love men for
their character while men tend to love women for their
appearance.
일반적으로 여자는 남자의 성격을 보고 사랑하는 경향이 있는 반면,
남자는 여자의 외모를 보고 사랑하는 경향이 있다.
Bertrand Russell

저만을 아껴주는 남자와
결혼할 거예요

아빠

저는 나중에

저만을 사랑하고 아껴주는 남자와

결혼할 거예요

그러면 좋겠지

하지만 너만 아껴주고

잘해주기 위해

결혼할 남자가 있을까

많은 남자들도
자신 말을 잘 듣고
많은 것을 베풀어줄
여자를 찾는단다

그러니 결혼하면
서로 자신에게 잘 하라고
충돌하고 갈등하게 되는 거야

무엇보다도
서로가 이기적인 욕심을 양보하며
사랑으로 상대의 부족함을 채우려는
자세가 필요하지 않을까

불만을 털어놓고

화를 내고 싸움을 걸기보다는

상대를 먼저 이해하고 용서하며

배려하고자 한다면

서로가 상대를 아껴주는

아름다운 사랑을 꽃 피울 수 있을 거야

그러니 언제나

상대를 먼저 존중하고 배려하는

태도를 키우려고 애써라

누구에게나 말처럼 쉬운 것이 아니니

평소에 부단히 노력하도록 하자

결혼은 3할이 사랑이고 7할은 용서이다.

Langdon Mitchell

이성교제의 3가지 필수 조건

이성을 사귈 때
가장 중요한 조건이 뭐죠?
남자들은 여자의 외모를
여자들은 남자의 학벌이나 경제적 능력을
가장 중요시한다고 하던데요

외모나 학벌이나 경제적 능력이
상대를 선택하는 데
매우 중요한 건 사실이지만
그것이 가장 결정적인

조건이 되어서는 곤란하단다

사람은 외적인 조건도 중요하지만
그동안 살아오며 형성된
인격이 가장 중요한 거야

아무리 조건이 좋아도
서로 인격적으로
공감대가 잘 이루어지지 않는다면
사랑이 싹트기도 어렵고
아름답게 키워가기도 힘들 거야

첫째는
가치관이나 인생관이 일치하여

정신적으로 공감이 잘 되는지 확인하는 게 좋아

살아가는 목적이나 방향과

중요시 여기는 것이 서로 다르다면

정신적으로 하나가 될 수 없잖아

둘째는

이야기를 나누거나

어떤 활동을 함께 할 때

정서적으로 공감이 잘 되는지 확인해보렴

조건은 좋아도 느낌이 통하지 않는다면

행복이 깃들 수 없는 거잖아

셋째는

데이트를 하며

신체적 접촉을 하게 될 때

이성간의 야릇한 공감이 생기지 않고

어색하거나 냉냉하기만 하다면

사랑의 화학적 반응이 생길 수 없지 않겠니?

In choosing a wife and buying a sword we ought not to trust another.
아내를 선택하는 것과 칼을 살 때는 타인을 믿어서는 안 된다.
George Herbert

신체 접촉은 정신적 공감보다
2배 이상 느리게

예전에 비해 요즘은

이성간에 접촉하기가

너무나 쉬워져서

인터넷이나 휴대폰을 통해

부모의 간섭없이

언제든지 관심만 있으면

연락을 주고받을 수 있고

생각이나 행동도

자유롭고 개방적이라

만나면 쉽사리

신체 접촉을 할 수 있잖아

하지만 상대와 정신적 공감대가

형성되기도 전에

쉽사리 신체적으로

친밀하게 되면

상대를 잘 알지도 못하면서

마음으로 사랑하지도 않으면서

단지 상대의 성적 매력에 이끌려

육체적인 불장난을 하는

위험에 빠지기 쉬운 거란다

'나는 절대 안 그래' 할지 모르지만
이성간의 감정은 야릇하고 강렬해서
한순간에 이성이 마비될 수도
있다는 걸 명심하여라

만일 진실한 사랑도 없이
쉽게 만나고 쉽게 헤어진다면
말할 수 없는 고통과 허탈감이
씻어버릴 수 없는 마음의 상처를
남기게 될 거야

데이트를 할 때는 될 수 있는 대로
사람이 많은 밝은 분위기에서
대화를 나누며
상대가 어떤 품성의 사람인지
정신적, 정서적인 공감은 잘 되는지 확인해가며
신체적 접촉은
그런 공감을 만들어 가는 기간에 비해
적어도 두 배 이상 느리게

신중하게 시작하도록 해라

그러면 그만큼 네가 존중받게 되고

더욱 더 아름다운 사랑을 키워가게 될 거야

Love is not that two of them look at each other
but that they look together at the same direction.
사랑한다는 것은 둘이 마주 보는 것이 아니라
함께 같은 방향을 쳐다보는 것이다.
Saint-Exupery

자기 자신을 사랑하는 사람인지
확인해라

제 남친

만날 때마다 너무너무 잘 해주고

때마다 선물도 잘 챙겨주고

평생토록 나만을 사랑할 거라고

수시로 고백해요

그런데

그 사람

너에게 헌신적으로 하듯이

자기 자신의 삶도
열심히 사랑하니?

그건
잘 모르겠는데요
오직 나에게 하는 것만
지켜봤으니까요

널 얼마나 사랑하는지
확인하는 것도 중요하지만
그에 못지않게 중요한 건
자신의 삶을 얼마나 사랑하고
있는지 확인하는 거란다

삶의 목표도 뚜렷하고
그것을 이루기 위해
평소에 부단히 노력하는지
확인해보렴

왜냐하면
자신의 삶을
사랑하지 않는 사람은
타인의 삶을 사랑할 능력이 없기 때문이야

진정으로 자신의 삶을 사랑하는 사람만이
가족도 애인도
사랑할 수 있는 능력을 키웠다고
말할 수 있지 않겠니?

A true lover always feels in debt to the one he loves.
진실한 사랑은 자신이 사랑하는 사람에게 항상 빚지고 있다고 느끼는
것이다.
Ralph W. Sookman

꿈을 향해 달려가는 10대에게

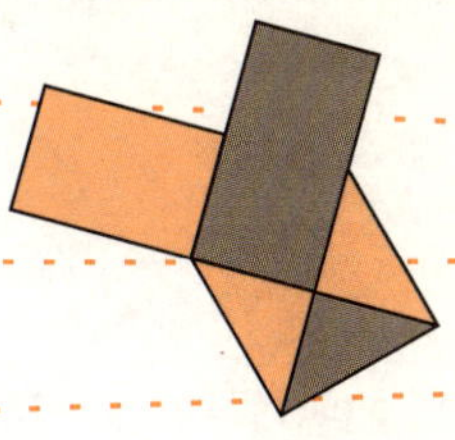

지금 여기 있는 나의 존재를 생각해보세요

나는 분명 쓸모 있기에 이렇게 살아 있는 겁니다

목표를 향해 가는 지금 현재를 즐기세요

우리는 무한한 잠재력을 가지고 있습니다

하늘의 꿈을 가진 너희들에게

한국외대 4학년   이지혜

노오란 개나리가, 진분홍 진달래가 빼꼼히 기지개를 피고 있는 화창한 봄날이구나. 그저 스치는 바람에도 기분이 상쾌한 오늘, 너희는 무얼 했니?

아, 내 소개가 빠졌구나. 나는 이 대한민국에 살고 있는 수많은 대학생 중 한 명이자 너희에겐 언니나 누나 정도 되는 사람이란다.

나도 너희들처럼 매일 같은 시간에 일어나 학교 가고, 학원 가고, 야자 하던 때가 엊그제 같은데 시간이 벌써 이렇게 나 흘러 그때는 그토록 지겨웠던 일상이 소소한 추억과 그리

움으로 묻어나는 때가 되었어. 5년 남짓밖에 안 지났는데 말이야. 훗, 웃기지?

그럴 거야, 친구들과 조잘조잘 수다떨며 놀러다니고, 실컷 게임하고 운동도 하고, 하고싶은 게 얼마나 많니? 그런데도 정말 마음 편히 놀지도, 하고싶은 걸 하지도 못하며 지내는 나날들이 너무 답답하고, 심지어는 입시지옥, 이 나라에 태어난 게 후회되기까지 하고 말이야. 다 안단다.

하지만 애들아, 너희가 지금 하고 있는 많은 고민과 걱정거리를 이미 먼저 겪은 이 언니가 너희들에게 이것만은 꼭 애기하고 싶구나.

나 역시, 너희들처럼 풋풋하기만 했던 그 시절에 많은 꿈과 생각을 가지고 살았어. 나름대로 공부도 열심히 했고 말이야, 진짜라고.

그런데 학창시절, 부모님 사이가 안 좋아지시고, 내가 그

때 가장 소중하다고 생각했던 친구들과의 관계들, 그 외 여러 가지 일들로 목표했던 곳에 진학하지 못하고 말았단다.

그당시에 나는, 왜 공부를 해야 하는지 목표의식도 없었고, 또 그렇게 밤낮 아둥바둥하며 공부해서 무엇이 되고 싶은지 너무 막연하게 느껴졌어. 내 앞에 펼쳐진 일들이 너무 큰 산처럼 느껴졌지. 물론 지금에 와서 생각하면 별 일 아니지만, 그 당시엔 그게 내 전부처럼 느껴졌거든. 그래서 그냥 그 생각을 떨치기 위해 친구들과 놀러 다니고, 이성친구도 사귀어보고, 양심에 가책을 느껴 도서관에 앉아 공부를 할 때도 잡생각에 금방 책가방을 챙겨 돌아오곤 했지.

원래 그랬던 거 아니냐고? 무슨 소리~ 이래 뵈도 초등학교부터 줄곧 학급반장에 성적도 남부끄럽지 않게 나름 우수한 학생이었다고 하면 믿어줄래? 하하.

정말 처음엔 모두 내 상황들이 힘들었던 거라고, 나는 어쩔 수 없었다고 주위만 탓하였지. 하지만 시간이 가면 갈수록 그런 시간들이 너무나 아깝고 후회가 되더라고. 한 번뿐인 소중한 내 인생을 어떻게 살 것인가. 정말 처음으로 진지하게 생각해봤던 것 같아. 하나님께 진짜 간절히 기도도 해보고. 부모님과 친구, 혹 다른 어떤 것도 관여되지 않은 '나' 하나만 두고. 어떻게 살아갈 것인가에 대해서 말야.

언제까지고 부모님이 너희 모든 것을 책임져 줄 수 없다는 것은 너희도 알지?

친구문제든, 외모든 뭐든 말야. 물론 많은 응원과 사랑을 보내주시겠지. 하지만 결국에 그 산을 넘어야 하는 것은 누구도 아닌 너희 자신이야. 그래서 실패하더라도 누구를 탓할 수가 없어. 그리고 너희도 알겠지만, 정말 빠르고 또 다시는 돌이킬 수 없는 것이 시간이잖니? 그렇게 1년 후, 5년 후, 10년 후 앞으로 내 미래의 모습을 상상해보니, 훗, 이대론 안 되겠더라구.

다 똑같이 받은 새하얀 도화지에 정말 멋지고 아름다운 인생을 그려보고 싶지 않니?

나름 공부를 한다 했지만, 정말 전심으로 하고 있지 않다가 이런 것을 깨달았을 때는 이미 고3 여름이 끝나가는 무렵이었어. 그래~ 물론 입시 역시 내가 원하는 만큼 점수가 나와주지 않았어. 그래서 물론 좌절도 했지만, 그때 여러 제도도 알아보며 아예 편입을 할 생각으로 영어과에 들어가버렸어. 처음엔 나와 비슷하게 공부했던 친구들이 다 좋은 대학에 입학해서 정말 자존심도 상하고, 만나기도 싫고 그랬어. 하지만 그럴수록 나의 꿈을 포기하지 않고 정말 열심히 공부했단다. 그리고 지금 학교에 편입해서 일본어와 영어 두 가지를 전공하고 있어. 이 두 언어를 한다는 게 완전 다른 언어라 어렵기도 하지만 참 재미있는 공부야.

자, 내 이야기를 잠시 들어보니 어떠니? 물론 나에겐 이런 과정들이 필요했고 유익했지만, 그 시절 누군가 나에게 한마디 위로를 해줬더라면, 정말 내 마음을 이해해주고 나의 앞길을 진지하게 상담해 주었던 사람이 단 한 명이라도 있었더라면 조금은 다르지 않았을까 생각해. 나는 너희들에게 꼭 얘기해주고 싶어. 정말로, 공부가 인생의 전부는 아니란다. 하지만 중요한 것은, 너희가 정말로 좋아하는 것을 찾아야 해. 빛나는 꿈을 갖고, 그 꿈을 이루기 위해 반드시 거쳐야 하는 과정이라면 그까짓 거 거뜬히 넘어보지 않으련?

지금 눈앞에 있는 산이 너무나 커 보여도 막상 넘고 나면 별거 아니라 생각할 거야. 누가 뭐라고 해도 너희들은 반짝반짝 빛나는

보석처럼 아름답고 소중하단다. 자기 자신을 사랑하고 가꾸도록 해. 지금의 어려움을 이겨내는 작은 노력이 밑거름이 되어서 너희들 삶을 좀 더 풍요롭게 할 거야. 그리고 훗날 지금의 모습을 돌아볼 때 참 대견하고, 뿌듯할 거야.

언니는, 누나는 확신할 수 있단다. 그러니 용기를 갖고 너희들이 가진 포부를, 젊음의 날개를 활짝 펼치려므나. 파아란 하늘을 자유로이 훨훨 날고 있는 너희들을 발견할 수 있을 거야. 스쳐 지나갈 수 있는 나의 이 짧은 조언이 너희 삶에 조금이나마 위로와 용기가 되고 보탬이 되었으면 좋겠구나. 오늘도 너희 곁에는 너희를 사랑하는 이들이 너무도 많음을 잊지 말고, 힘차게 파이팅 하렴. 나도 응원할게.

암울했던 중고교 시절

한국외대 4학년 김성은

어제 내가 집에 오는 길에 너희들, 중고등학생 동생들을 봤는데, 너희들 왜 그래? 마치 세상 모든 고민을 가진 사람처럼 말이야! 교복만 벗으면 누가 너희를 고등학생으로 보겠어? 항상 어린 동생이 하나 있었으면 좋겠다는 소원을 가진 내가 너희들이 남같이 느껴지지 않아서 괜히 속상하더라.

내 소개를 간략히 하자면 난 지금 이팔청춘 28살이고 작은 꿈을 품고 아직도(?) 대학을 다니고 있는 학생이야. 맨날 문제아라는 수식어를 달고 다녔던 내가 이런 이야기를 할 자격은 없지만 너희들보다 조금 일찍 그 길을 지나온 형 또는 오빠로서 마치 내 친동생에게 쓴다는 심정으로 몇 자 적어본다.

지금 너희들도 너희들 나름대로 매우 힘들겠지. 아마 세상 누구보다 힘들다고 생각이 될 거야. 나도 그랬었어. 새벽 4시 반에 학원 수업을 듣기 위해 일어나서 수업을 마치고 학교에 7시까지 등교해서 저녁 10시에나 끝나는 자율학습을 선생님께 사정을 말씀 드리고 저녁 7시에 나와서 다시 학원 저녁수업을 듣고 11시에나 집에 돌아오는 그런 하루하루를 보냈지. 하지만 나 힘들다고 나 못해먹겠다고 누구한테도 이야기할 수 없었어. 왜냐면 내 친구들도 모두 그렇게 살았거든. 그게 당연한 것처럼. 선생님이셨고 매우 엄하셨던 아버지는 "공부 열심히 하고 있냐? 너네 학교에 나랑 친한 후배 선생님이 있는데 너를 지켜보고 있으라고 했다. 무조건 열심히 해라!"라고 말씀하시곤 했어. 아버지의 그 한마디 한마디가 미친 듯이 듣기 싫었지. 가끔 성적이 떨어지면 맞기도 많이 맞았어.

우리 아버지는 내게도 선생님이셨지. 난 그게 너무 싫었어. 그런 삶을 보내면서 부모님과의 관계는 너무도 멀어졌고 내가 왜 이 세상에 태어났는지, 난 왜 사는지 싶더라고.

그러던 어느 날 내 인내심의 한계에 다다랐던 것일까? 나는 돌연히 집을 나왔어. 가출을 한 거야. 스스로를 부조리한(?) 현실에 과감히 맞선 영웅으로 착각하며, 반복되는 일상을 억지로 버텨내는 친구들을 비웃으면서……. 비록 며칠이 못 되어 집으로 돌아왔고 엄청 맞았지만 며칠간의 자유(?)는 너무나 달콤했고 그 이후엔 조금만 힘들면 집을 나서곤 했어. 그렇게 위태위태하게 부모님과의 관계를 유지하면서 고등학교에 진학했고 나의 잦은 가출로 내게 조금은 조심스러워지셨던 부모님도 고등학생이 되니 다시 공부를 강조하기 시작했어. 고등학교 2학년 때 아버지와 나의 관계를 이어주던 작은 끈이셨던 할머니가 돌아가시고 나서 난 더 이상 집에 있을 이유를 찾을 수 없었어. 방학 때 부모님 몰래 틈틈이 아르바이트를 해서 번 돈으로 독립을 했지. 저렴한 고시원에 방을 잡았고 생활비를 위해 아르바이트도 본격적으로 시작했지. 아르바이트로 버는 돈으로 술도 사 마시고 마음이 맞는 친구들과 신나게 놀러 다니곤 했지. 이게 사는 거구나 싶은 생각이 들었어. 새벽까지 일을 하고 아침이 다 되어서야 잠이 들다 보니 자연히 학교를 결석하는 일이 많았지만 다행히 고등학교 3학년 때 67일까지만 결석을 해서 제적 당하지 않고 졸업을 할 수 있었어. 졸업을 하고 취직을 해서 돈을 모은 후 내 가게를 내야겠다는 목표가 생겼어. 비록 지금은 부모님이 날 인정하시지 않지만 내가 취직하고 또 내 가게를 갖게 되면 언젠가 인정해주실 거라는 작은 기대와 함께…….

하지만 세상은 호락호락하지 않더라고. 인문계 고등학교 졸업생이라는 이유로 취직을 거절당하기 일쑤였어. 결국 세

상에 맞선 한 소년은 패배를 시인했어. 악에 바쳐서 그랬을
까? 내가 이 더러운 세상을 바꾸겠다고, 그러기 위해서 그럴
수 있는 위치에 먼저 오르겠다고 다짐을 했지. 그래서 일단
대학을 가야겠다는 생각으로 재수생활을 시작했어. 정말 누
구보다 열심히 공부했어. 나의 재수생활을 지원해주시는 대
신 부모님은 나를 스파르타 재수 학원에 등록시키셨고 고등
학생 때보다 더 많이 맞으면서 이를 악물고 공부했지. 공부?
할 만 하더라고. 꾸준히 성적이 올랐고 나름 재미를 느끼기
도 했었어. 하지만 내 재수생활에는 결정적인 무언가가 빠져
있었어. 그건 바로 내가 무엇을 하고 싶은지, 무엇이 되고 싶
은지에 대한 구체적인 생각이 없었다는 거였어. 하지만 그런
생각을 하고 있을 여유 따윈 내게 없었어. 남들이 6년을 해온
공부를 1년 안에 해내야 했기 때문에. 그렇게 전교 꼴등수준
이었던 내가 수능을 치룬 후에 400점 만점에 359점이라는 대

업을 이루어냈어. 물론 내가 수능을 보는 그 시기에 시험이 매우 쉬웠지만 말이야. 모든 일이 잘 되어가는 느낌이었어.

여기서 내가 적당한 대학교에 입학해서 잘 살았다며 이 편지를 마치면 좋겠지만, 참 인생이 내 뜻대로만 되는 건 아니더라고. 구체적인 목표가 없던 나는 그냥 학원에서 쓰라는 대로 원서를 넣었고, 점수보다 많이 낮추어 지원한 대학도 있었기에 합격은 당연한 것이라고 생각했어. 하지만 내신이 발목을 잡았지. 결석 67일에 내신 최하등급, 물론 그때는 내신이 지금만큼 중요하지 않았어. 어쨌든 난 4년제 대학 진학에 실패했지. 부모님께 너무나 죄송한 마음과 끝 모를 좌절감에 사로잡혀 멍하게 시간을 보냈지. 그런 나를 다시 일으켜 준 사람은 다름 아닌 어머니였어. 나만큼 아니 나보다 더 속이 상하셨을 텐데 참 지지리도 말 안 듣는 아들이어도 평소에 그러시지 않는 분이셨는데, 그날따라 매우 진지하게 내게 말씀하셨지. "아들아, 엄마는 아들이 최선을 다하는 방법을 배운 것만으로도 1년간의 재수 생활이 큰 의미가 있었다고 생각한다. 이제 아들이 정말 이루고 싶은 꿈을 찾고 그 꿈을 위해 지금과 같이 최선을 다한다면 분명히 길이 열릴 거야, 그러니 힘내." 할머니가 돌아가실 때도 눈물이 안 나던 나였는데……. 그날 난 몰래 실컷 울었어. 물론 그 이후에 내 삶이 항상 잘 풀렸던 건 아니었지만 그래도 난 항상 꿈을 꾸었고 그 꿈을 위해 최선을 다했어. 그 과정을 통해 조금씩 성장해 가는 내 자신을 느껴.

난 지금 한국외국어대학교에 편입해서 좋은 세상을 만들어 보겠다는(?) 어린아이와 같은 생각으로 외교관이라는 새로운 꿈을 꾸며 살고 있어. 고시를 하기엔 나이가 너무 많다는 우려의 목소리가 많지만, 안정적인 직장과 명예를 얻기 위한 도전으로 오해를 받는 일도 많지만, 뭐 어때? 내가 아니면

됐지. 비록 지금 고시를 준비하는 과정이 때론 너무 외롭고 힘들지만 또 한 발짝 물러나서 생각해보면 내 꿈을 위해 노력하는 내가 대견스럽고, 이렇게 내가 내 꿈을 위해 노력할 수 있게 물심양면으로 도와주시는 부모님과 날 위해 항상 기도해주는 많은 친구들이 있다는 게 너무 감사하고 힘들기만 한 고시생활도 나름 즐거울 수 있는 거 같아.

우리에게 주어진 시간은 똑같아. 다만 그 시간을 무엇을 위해 사용하느냐에 따라 달라질 뿐이야. 그냥 남들이 다 하니까, 부모님이 원하시니까, 이런 태도로 임하면 그 과정이 너희들에게 너무 큰 짐이 될 거 같아. 왜 공부를 해야 하는지 스스로에게 질문을 해봐. 물론 그 답을 찾는 게 쉽진 않겠지만 말이야.

너무 힘이 들어 아무것도 할 수 없으면 주변 사람들에게 도움을 청해. 그리고 그 무엇보다 너희 자신을 믿었으면 해. 남들이 가지 않는 길, 남들이 꺼리는 길이라 할지라도 그 길이 너의 길일지도 모른다는 의문이 든다면 과감히 발을 들여놓아봐. 그 길이 결국은 너의 길이 아닐지라도 그 경험은 분명 너에게 큰 도움이 될 거야. 이건 내가 감히 장담할 수 있어.

이제 이 편지를 끝낼까 해. 많이 부족한 글이겠지만, 내 진심을 담아서 쓴 글이니 너무 욕하진 말아주길! 이 글이 눈꼽만큼이라도 너희들에게 도움이 되길 바라면서 이만 줄일게. 힘내라, 애들아!

지금 알고 있는 걸
그때도 알았더라면

한국외대 3학년 윤희경

학교 수업을 마치고 집에 가는 길에 우연히 작은 서점에 들렀습니다. 따뜻한 봄기운 때문이었는지 왠지 모르게 저를 위한 선물을 사고 싶었거든요. 딸랑거리는 서점 문을 열고 들어가 무슨 책을 볼까 한참을 고민했어요. 그러던 중 눈에 띄는 책 제목이 있어 시선을 멈추고 책을 집어 들었습니다.

'지금 알고 있는 걸 그때도 알았더라면?

정말 가슴에 와 닿는 제목이었어요. 첫 장을 넘기고 글을 읽기 시작했습니다. '지금 알고 있는 걸 그때도 알았더라면 내 가슴이 말하는 것에 더 자주 귀 기울였으리라. 더 즐겁게 살고, 덜 고민했으리라. 내가 가진 생명력과 단단한 피부를 더 가치 있게 여겼으리라.' 글을 읽고 저는 그 자리에서 고등학교 시절 추억에 잠겼습니다. 아마도 그때가 제 22년 인생에서 가장 후회되는 시기였기 때문인가 봅니다.

저는 솔직히 고등학교 시절이 그리 즐겁지만은 않았어요. 매일 똑같이 반복되는 일상과 좀처럼 오르지 않는 모의고사 성적, 거기에다 늘어만 가는 체중 때문에 스트레스로 가득한 일상을 보냈지요. 무엇 하나 마음에 드는 게 없었어요. 몇 년 동안의 공부 끝에 저는 대학에 입학할 수 있었지만 입학을 하고 나니 모든 게 끝났다는 생각이 들었어요. 그리고 그 생각이 저를 끝없는 게으름 속으로 몰아넣었습니다.

그렇게 불행했던 시간들이 지나고 이제는 대학교 3학년이네요. 지금 돌아보니 제 학창시절은 제가 이끈 시간이 아니었네요. 남들이 요구하고 꿈꾸는 것으로 제 인생을 채워갔던 거예요. 저는 꿈 없는 목표달성이 저를 행복하게 해주지 못한다는 것을 깨달았습니다. 만약 제가 그 당시에도 이러한 것들을 알고 있었더라면 더 행복한 학창시절을 보낼 수 있었을 텐데 말이죠.

책상 앞에서 머리 싸매고 참고서를 외우기 전에, 이 모든 과정에 큰 방향을 설정하고 또 인생을 그려나가세요. 우리가 원하는 것은 높은 점수가 아니라 행복한 인생이니까요.

지금 살고 있는 현재도 내일이 되면 과거가 되겠죠. 그럼 그때는 '지금 알고 있는 걸 그때도 알았더라면.' 의 탄식이 아니라, '그때 기억 때문에 지금 너무 행복해!' 라는 즐거운 비명을 외쳤으면 좋겠습니다.

과정을 즐기는 사람이 되라

시립인천전문대학 3학년 황서영

안녕하세요. 저는 현재 24살 대학생 황서영이라고 합니다. 이렇게 서면을 통해서라도 만나게 되어 반갑습니다.

여러분, 요즘 공부하시느라 많이 힘드시죠? 정말 수고가 많으세요. 저 역시 여러분과 같이 초·중·고등 교육을 받고 저의 꿈을 이루기 위해 조금 더 공부에 욕심을 내고 있는 학생입니다. 공부라는 것이 쉽지 않죠. 내가 왜 공부를 해야 하는지, 내 인생에 공부라는 것이 정말 필요한 것인지, 내가 제대로 하고 있는지 머릿속이 많이 복잡할 것 같습니다. 저 역시 그런 생각을 한 학창시절이 있기 때문에 여러분의 마음을 십분 이해합니다.

아버지, 어머니 그리고 선생님이 여러분의 인생에 도움이 될 순 있습니다. 하지만 그들의 선택에 맞출 필요는 없습니다. 나의 선택에 책임을 질 수 있도록, '나'를 위해 무엇을 해야 하는지 생각해 볼 때입니다. 내가 진정 하고 싶은 것을 위해 노력해야 합니다. 뚜렷해지세요. 목표가 뚜렷해지면 공부는 비타민이 될 것입니다. 그리고 노력은 거짓말하지 않습니다. 내가 목표한 성적이 안 나왔다고 좌절하실 필요는 없습니다. 더구나 옆 친구와 비교할 필요도 없습니다. 지금하고 있는 노력에 1%만 더 노력해 보세요. 그리고 조금씩 욕심내세요. 분명한 것은 노력은 결코 나를 배신하지 않는다는 것입니다. 인생은 내가 스스로 선택하고 책임지는 것입니다.

지금 이곳에 있는 나의 존재를 생각해보세요. 나는 분명 쓸모 있기에 이렇게 살아 있는 것입니다. 지금 현재를 즐기세요. 그리고 예전 나의 모습은 잊으세요. 과거를 치유하고 현재에 살며 미래를 꿈꾸어라. 작가 마리 엥겔브라이트의 말입니다. 제 좌우명이기도 하지요.

하루하루가 경쟁의 연속이라 말하는 이들이 있습니다. 하지만 저는 제 인생을 남들과 비교하여 경쟁하는 것이 아니라 내 삶의 과정을 즐기는 것이라 말하고 싶습니다. 목표를 향해 가는 지금의 과정을 즐기세요. 우리는 무한한 잠재력을 가지고 있습니다. 그 잠재력을 이끌기 위해 노력하는 우리는 반드시 이뤄낼 수 있습니다. 여러분 파이팅 하세요.

자신만의 목표를 세워라

한국외대 4학년 이서하

제 소개를 간단히 하자면, 이름은 이서하이고 올해 졸업 예정인 한국외국어대학교 4학년입니다. 2006년에 저는 방문학생으로 토론토 요크 대학교에서 처음 공부를 시작했으며, 방문학생의 기간이 끝난 후 2007년 가을학기부터는 정규학생으로 편입하여 미술과 문화를 공부하고 있습니다. 한국에서 3학년까지 마쳤기 때문에 그곳에서도 많은 학점을 인정받아 내년에 캐나다 대학교를 졸업할 예정입니다.

여기까지 간단한 저의 소개였고, 대학교 졸업을 앞둔 시점에서 내가 다시 중고등학생으로 돌아간다면 이렇게 하면

더 좋았겠다는 약간의 후회와 앞으로의 다짐에 대해 중고
등 학생인 너희들과 어른이 된 저를 위해서도 몇 자 적어볼
까 합니다.

어떤 일을 남들이 하고 있다고 해서 하지 말고, 자신이
필요하다고 느껴 하십시오. 한국 사회에서는 심지어 성인
도 남들이 다 하고 있는 무언가를 하고 있지 않으면 불안해
하는 경향이 있습니다. 제가 십대일 때도 그랬습니다. 저
희 부모님은 자녀 교육에 관심이 많으신 분이셔서, 저와 저
희 언니는 수학, 영어, 과학, 국어 과목의 과외를 많이 받았
고, 방과 후 친구들과 함께 학원에 가기도 했습니다.

그 당시에 솔직히 말하자면 방과 후 학원 수업들을 다른
친구들도 하기 때문에 하였습니다. 몇몇 친구들만 학원에
가지 않고 스스로 공부하였습니다.

내가 들었던 모든 수업들이 헛된 것이었다고 생각하지

는 않습니다. 여기서 말하고 싶은 건 모든 과외들이 나에게 유익하진 않았다는 것입니다. 나는 친구들을 따라하면서 불안해 하지 않기 위해 많은 시간을 낭비하였습니다.

중고등학교 시기는 무한한 가능성을 가지고 있으며 인생에서 자신만의 진로를 만들어나가는 중요한 시기입니다. 제가 만약 십대라면 부모님의 도움을 받아 내가 필요한 것을 하도록 계획할 것입니다. 십대로서, 어떤 일을 결정하기 전에 부모님의 말씀을 들어야 하는데, 부모님들은 친구들보다 훨씬 더 현명한 조언을 주실 수 있기 때문입니다. 그런 다음, 당신의 꿈을 실현시키기 위해 지금 무엇을 해야 하는지 생각해 보십시오. 그 계획을 실천에 옮기면, 주관 없이 다른 학생들을 따라하는 학생보다 효과적으로 그리고 자진해서 모든 일을 할 수 있을 것입니다.

나와 당신들을 위해 22년 경험을 바탕으로 한 미래의 다

짐은 항상 인생의 목표를 세우라는 것입니다. 앞서 말했듯이, 자신이 필요한 것을 찾기 위해서는 인생의 목표가 절대적으로 있어야 합니다.

저의 경우에는, 외국어 공부를 좋아했기 때문에 항상 해외에서 공부하는 것을 꿈꿔왔습니다. 저는 외국인을 위한 언어수업은 듣고 싶지 않았고, 자신을 업그레이드하기 위해 원어민들과 함께 수업을 듣고 그들과 경쟁하고 싶었습니다. 저는 유학생의 비싼 등록금으로 부모님의 돈을 낭비하고 싶지 않았기 때문에 교환학생으로 해외에서 공부하겠다고 계획하였습니다. 꿈을 실현시키기 위해, 여러 학교의 정보를 모으고, 토플 점수를 따고, 제가 가고 싶은 지역의 여러 상황에 대해 조사하는 노력을 기울였습니다. 힘든 노력 끝에 저의 목표는 실현되었습니다. 저는 그 당시 매우 행복했지만, 더 나은 미래를 위해 좀 더 발전된 목표를 계속 만들어 갔습니다.

저의 친구 중 한 명은 언젠가 중국에서 일하는 것이 꿈이여서 중학교 때부터 중국어를 수년간 공부해왔습니다. 그래서 한국에 있는 대학교에서 중국어과를 졸업하고 지금은 중국에서 일하는 중입니다.

중고등학교 시절에 목표를 갖는 것은 아무 주관도 없이 다른 친구들을 따라하지 않도록 하기 때문에 필수적인 일입니다. 저는 그 목표가 반드시 구체적이어야 한다고 생각하지 않습니다. 왜냐하면 어린 나이에 구체적 목표를 세우는 것은 어려운 일이며 또한 바람직한 일도 아니기 때문입니다. 제가 의미하는 바는 폭넓지만 개인적인 목표를 가지는 것은 인생의 진로를 정하는 데 확실히 도움을 줄 것이라는 말입니다.

모든 사람들은 다른 상황과 성격을 가지고 있기 때문에

바람직한 중고등학교 시절에 대한 절대적인 답은 없습니다. 저는 단지 중고등학교 시절에 대해 가지는 후회와 다짐에 대해 경험을 통해 얻은 것을 간단히 적었을 뿐입니다. 저의 편지를 읽은 후 당신이 무슨 다른 일을 하기 전에 지금 시간을 어떻게 보내고 있는지 그리고 미래를 위한 목표를 세우길 바랍니다. 그런 다음 그 꿈을 위해 무엇을 해야 하는지 간단한 리스트를 적어보십시오. 평소에 이 일을 계속해서 한다면 인생에서 중요한 시간을 낭비하는 일이 없을 것입니다.